Jonas-Philipp Dallmann

DIE MILCHFARBENE HAUT DER TÜREN

1. Auflage

Mittenwalder Straße 46 a, 10961 Berlin

Covergestaltung, Grafik: Andreas Vierheller
Lektorat: Victoria Hohmann-Vierheller
Schrift: Adobe Garamond Pro

Druck und Bindung:
PRINT GROUP Sp. z o.o.
ul. Księcia Witolda 7
71-063 Szczecin (Polen)

ISBN 978-3-9818621-6-4

www.vhv-verlag.de

Jonas-Philipp Dallmann

DIE MILCHFARBENE HAUT DER TÜREN

Erzählungen

VHV
LITERATUR &
KULTUR VERLAG

Jonas-Philipp Dallmann, geboren 1969 in Berlin, studierte Architektur an der Hochschule der Künste Berlin und war freier Mitarbeiter von Architektur- und Ingenieurbüros sowie an einem Forschungsinstitut. 2004 erhielt er den MDR-Literaturpreis und nahm am Klagenfurter Literaturkurs teil; 2005 und 2017 wurde ihm das Alfred-Döblin-Stipendium der Berliner Akademie der Künste zugesprochen, 2019 ein Stipendium des Deutschen Literaturfonds. Dallmann arbeitet seit 2004 als freier Lektor, Autor und Ghostwriter in Berlin. Sein Romandebüt *Notschek* erschien 2011 im Wiener Verlag Luftschacht.

Türen

Von all diesen Türen ist nur eine wirklich zu öffnen – gerade so weit, um sich durch sie hindurchzuzwängen. Die anderen sind nichts als Kulissen: Die eine ist, sorgfältig genug, auf die Wand gemalt, hinter der nächsten befindet sich ein Spiegel, in welchen der Blick beim Öffnen sogleich hineinstürzt, und die dritte hat nicht einmal Schloss oder Türgriff. Alle zusammen aber ergeben das Bild eines Raumes, von dem aus eine Reise überall hin ihren Ausgang nehmen könnte.

Inhalt

Der Freund. Eine Beherbergung.

Ich bin von einem alten Freund, einem Freund aus längst vergangenen Tagen, aufgesucht worden. Am Morgen stand er in der Tür – in einen Anzug gekleidet, den ich nie zuvor an ihm gesehen hatte und der für ihn auch nicht passend war: Er trug eine Art Kittelschürze aus gelblichem Wollstoff, die viel zu groß war, darunter lange, in sich verdrehte grauschwarze Hosen aus einem teuren, aber schmutzigen Seidenstoff, und seine Füße steckten in einer Art von festen Straßenlatschen, falls es so etwas überhaupt geben kann, ich meine Schuhe, die ihrer Form nach Hauslatschen sein müssten, die aber mit ihrer übermäßig dicken Sohle und ihrem strammen, wie gebürsteten Stoff nur für die Straße geeignet sein können. Zu dieser unsinnigen und wie missratenen Kleidung passte sein Gesichtsausdruck, denn in ihn schien er mehrere Empfindungen zugleich legen zu wollen: Er zog den linken Mundwinkel halb herab, hielt den Mund aber leicht geöffnet, was seinem Gesicht einen verdrießlichen, vorwurfsvollen Ausdruck verlieh; gleichzeitig riss er die Augen weit auf wie in einem verwirrten Staunen. Das Theater dieser Grimassen konnte aber nicht über einen Gemütszustand hinwegtäuschen, der offenbar nicht verwirrt oder missmutig war, sondern verzweifelt bis zu einer sichtbaren Erschöpfung. Immerfort drehte er die Augen nach dem kleinen Flurfenster, als könne er mir so doch noch entkommen und bewegte in der linken Hand eine rosafarbene Mappe, die von Papieren überzuquellen schien.

Nun, damit war nichts anzufangen, rein gar nichts, mit diesem verzweifelten Theater und mit dieser unsinnigen Kleidung, die da übereinander getürmt an meine Tür geklopft hatte. Schon wollte ich ihn mit einem überrumpelnden Wort von der Schwelle weisen, da fing er aber an zu reden:

„Nun, nun. Was für ein Empfang an dieser Tür. Stützt mich auch nicht. Stützt mich noch weniger."

Das war rein alles, was er sagte, und indem er die schon überall am Boden herumliegenden Papiere jetzt zusammenzusammeln begann, mit scharfen Blicken ihre Vollständigkeit prüfte, war ich längst davon überzeugt, dass er all dies, die verdrießliche Überraschtheit, die sichtbare Erschöpfung und den eifrigen Fleiß, für mich vorbereitet hatte. Nur der Zweck des Theaters blieb mir verborgen, blieb mir inmitten meiner Verwirrung ganz unvorstellbar. Gerade wollte ich ihn über den Anlass seines Besuchs befragen, da hatte er schon den Fuß über die Schwelle gesetzt, das Papierbündel mit einer Hand an mir vorbeigeschoben, seinen Kittel ins Haus gepresst und wies mich an, nur ja die Tür zu schließen.

Das kann ja eine heitere Bewirtung werden, kam es mir in den Sinn; wenn er mit solchen Manieren fortfährt, weiß ich nicht, wie ich dies hier nach außen hin rechtfertigen soll – und Ähnliches, was man bei solcher Gelegenheit ja unausweichlich denkt, während man zugleich doch weiß, dass es sinnlos ist, sich so irre zu machen.

Gleich ließ er alles in mein Wohnzimmer fallen, sein Papierbündel und auch den Koffer, den ich erst jetzt bemerkte, denn er war so alltäglich, dass er nicht auffallen konnte. Er betrieb das so, dass er ihm auch noch eine Reisetasche und ein Wäschebündel hinterher zog; beide Gepäckstücke hatten draußen gestanden und wurden nun hervorgeholt mit einer übermäßigen Behutsamkeit, als müsste ich ihre Ankunft begrüßen. Es ist zu dumm, dachte ich, hätte er mich von dieser Ankunft und von diesen Koffern unterrichtet, hätte ich schon einen Weg gefunden, alles hinauszuschieben. Nun wird er sicher bald ganz heimisch werden und sich nicht mehr abschütteln lassen. Mit einem Plumps ließ er sich in den Sessel fallen und stellte den Koffer neben die Armlehne, wo er ihn mit der Hand gerade noch erreichen konnte.

Ein langsames und dünnes Gespräch begann, das keiner von uns vorantreiben wollte. Er berichtete mit quälender Ausführlichkeit über seine Zugverbindungen, repetierte Ankunftszeiten und Bahnhöfe und ließ den linken Fuß über dem Teppich kreisen; dabei klopfte er mit der Hand an dem Koffer herum, dessen Verschluss kaputt zu sein schien. Ich antwortete ihm einsilbig und wie aus Gedanken aufgescheucht, die ich aber gar nicht haben konnte, denn meine Aufmerksamkeit ließ sich von diesem überraschenden Besuch in Wirklichkeit nicht fortlenken. Er beklagte sich über die unhöfliche Behandlung in den Zügen, über die fehlende

Reinlichkeit der Abteile, über die Rücksichtslosigkeit der Mitreisenden, die rauchten, wo es nicht erlaubt war und die überhaupt auf alle mögliche Weise gegen die Ordnung verstießen, und ich ahnte schon, dass ich ihm so nie würde beikommen können, dass jeder Einwand immer schon auf eine präparierte Antwort stieße, von ihr abgeschmettert würde.

„Das ist es ja eben", schloss er gerade, während er mir mit dem linken Auge zuzwinkerte, „dass man es nie beweisen kann."

Ich nickte und sah zu Boden. Was konnte das für eine Unzufriedenheit sein, die er da hegte und die sich nie beweisen ließ, kam es mir in den Sinn, und auf einmal erfasste mich Ungeduld. Was für ein Unsinn, sich so billig herauszureden, während er doch zuallererst seine Selbstgefälligkeit ablegen müsste, um überhaupt etwas zu begreifen. Wie will er so fortkommen, wenn er überall nur Arglist vermutet?

Ich behalf mir schließlich damit, Getränke anzubieten, was natürlich immer eine Ausflucht ist; ich ging geradewegs in die Küche und setzte Tee auf. Da er dabei aufhören musste zu reden, würde er alle seine Fäden vielleicht inzwischen verlieren. Das war aber ganz falsch gedacht, denn er ließ sich von nichts abbringen; als ich zurückkam, wiederholte er gleich alles, was ich versäumt haben musste.

So, auf eine nicht aufhaltsame und langweilige Weise, verging der Nachmittag, bis er schließlich erklärte, müde zu sein und durch allerlei Zeichen deutlich zu machen begann, dass er erwartete, von mir beherbergt zu werden.

Ich hatte dies die ganze Zeit schon genau vorausgesehen und mir zurechtgelegt, wie ich diese Beherbergung durchführen konnte. Im Dachgeschoss habe ich eine Gästekammer, einen Raum mit Bett, Schrank und einem kleinen Bad. Um alles abzukürzen, schlug ich ihm geradewegs vor, die Nacht in meinem Haus zu verbringen und beschrieb ihm das Zimmer. Er antwortete mit einem gleichgültigen Nicken, als wäre die Beherbergung eine längst schon zwischen uns geschlossene Vereinbarung. Dann stand er auf und ging auf die Treppe zu – offenbar, um sich seine Unterkunft anzusehen.

Ich folgte ihm, stieg die Stufen hinauf und zeigte ihm die Gästekammer. Dann führte ich ihm die Benutzung des Zimmers in der Art der Gastwirte vor: Ich öffnete die Türen des Kleiderschranks, zog Schubladen auf, strich über die Bettdecke und betätigte den Lichtschalter; schließlich zeigte ich ihm die Benutzung des Bads und wie er den Heizlüfter einschalten konnte. Zum Schluss übergab ich ihm den Schlüssel.

Er nahm alle meine Erklärungen auf mit einer zerstreuten Freundlichkeit, als seien sie überflüssig. Dann erklärte er, sich frisch machen zu wollen und entließ mich förmlich mit einer Reihe von Aufträgen: Sein restliches Gepäck – zwei Koffer in einer Verwahrung im Bahnhof, der er aber keine Sicherheit zutraute – sollten abgeholt, nach oben geschafft und ihr Inhalt gleich ausgepackt und geordnet werden. Ich weiß noch, dass diese

Forderung nach Ordnung mir ganz falsch vorkam, wie eine Peinlichkeit, aber ich wusste nichts zu antworten. Vielleicht war dies alles ja auch der normale Vorgang einer Beherbergung und ich hatte bis dahin alles falsch gehandhabt? Dann erschienen auch diese Zweifel mir wieder unsinnig. Ich muss sehen, dass ich es nicht zu weit kommen lasse, dachte ich, während ich die Treppe hinunterging. Oben im Bad hörte ich ihn in diesem Moment das Wasser aufdrehen, und damit war alles auf einmal endgültig, die ganze Beherbergung, denn wie sollte ich ihn nun wieder fortbringen?

Ich begann damit, im Wohnzimmer ein wenig Ordnung zu machen. Da entdeckte ich, dass er im Flur eines seiner Dokumente verloren hatte. Es lag in einer Ritze zwischen zwei Möbelstücken, und ich zog es hervor. Das Papier war gelblich, wie gealtert, und mit einer schlechten Schreibmaschine beschrieben; das Datum, das es trug, war jedoch das des gestrigen Tages. Also ist er doch vergesslich, und er versuchte doch so sehr, es zu verbergen, dachte ich. Das Blatt war mit einer Überschrift betitelt, sie lautete: *Weigerung. Eine Aufzählung und Anleitung.*

Der Text war tatsächlich eine Aufzählung, er enthielt lauter nummerierte Absätze, die mit Überschriften oder zusammenfassenden Begriffen übertitelt waren. Ich las: *Weigerung, das Frühstücksgeschirr abzuwaschen, Weigerung, auf der rechten Seite zu gehen, Weigerung, Zeitungen zu lesen* und so fort; es waren lauter Weigerungen, die ganz alltägliche Dinge betrafen, und ich wunderte mich, wie man bei einer solchen Zahl von ihnen fortleben konnte. Da gab es die *Weigerung, am Geschäftsverkehr teilzunehmen, die Weigerung, Zahngläser zu benutzen, die Weigerung, auf offener Straße zu pfeifen und sogar die Weigerung, im vollbesetzten Zug zu sprechen.*

Dann ist es kein Wunder, dass er sich durch alles gestört fühlt, dachte ich; wenn diese Aufzählung eine Richtschnur sein soll, nach der er zu leben vorgibt, wird er überall Schwierigkeiten und Händel haben. Unschlüssig hielt ich das Papier in den Händen. Hätte ich es ihm auf sein Zimmer gebracht, hätte er gleich gewusst, dass ich es gelesen hatte und das erschien mir ganz unmöglich, denn es war ja offenbar eine nur für den persönlichen Gebrauch angefertigte Liste, die man selbst einem Freunde nicht gleich zeigte. Außerdem wirkten die darin beschriebenen Weigerungen so unsinnig, dass man sich eigentlich gegenüber niemandem dazu bekennen konnte. Ich steckte das Blatt also wieder an seinen Platz in die Ritze zwischen den Möbelstücken – mochte er es sich von dort holen oder nicht, jedenfalls war ich selbst damit nun aus dem Spiel. Das erschien mir so gut und heiterte mich so auf, dass ich gleich zu ihm nach oben lief; zwei Stufen nahm ich auf der Treppe auf einmal.

Ich stand schon vor dem Zimmer, aber zögerte hineinzugehen. Immer länger betrachtete ich den elfenbeinfarbenen Lack der Tür, und plötzlich hörte ich im Inneren die Stimme des Freundes, leise und in einem angenommenen Tonfall, wie man ihn benutzt, wenn man jemand etwas ablehnen will:

Weigerung, das Zahnglas zu benutzen, konnte ich verstehen, und, immer weiter in dem schiefen und unzulänglichen Tonfall, die darauf folgende Begründung, die ich schon aus der Liste kannte: „da es immer unsicher ist, wie gründlich es gereinigt wurde."

Dann sprach er etwas, das sich auf die Gefahren bezog, die ein unsauberes Glas mit sich bringen konnte, Gefahren der gesundheitlichen Ansteckung. Schließlich folgte eine kurze Pause, und ich glaubte, das Geräusch einer Schublade zu hören. Nun, er lernt sich seine Liste noch ein, also ist er von ihr wenigstens noch nicht ganz überzeugt, dachte ich erleichtert, trat von der Tür zurück und ging wieder nach unten.

Den ganzen restlichen Tag verbrachte ich in einer trüben Stimmung und mit nebensächlichen Tätigkeiten, und da mein Freund auf dem Zimmer blieb und sich bis zum Abend nicht mehr zeigte, begann ich schließlich damit, das Haus für die Nacht vorzubereiten. Ich löschte die Lichter, verschloss das Gartentor und schaltete die Nachtbeleuchtung ein. Dabei blickte ich kurz nach oben zu dem kleinen Fenster, hinter dem sich die Gästekammer befand. Die Läden waren geschlossen, aber hinter ihnen war noch Licht zu sehen. Gut, er wird wohl noch arbeiten oder etwas lesen, es macht gar keinen Sinn, ihn nun zu stören. Diese Nacht muss ich ihn beherbergen, da ist nichts mehr auszurichten. Es ist vielleicht auch gut, dass er auf diese Weise einmal versorgt ist und sich ausschlafen kann, dachte ich und ging zurück ins Haus.

Am nächsten Morgen begann ich, da ich nicht wusste, wann mein Freund aufstehen wollte, schon zeitig mit der Vorbereitung des Frühstücks. Dabei fiel mir die *Weigerung, das Frühstücksgeschirr abzuwaschen* ein, und die seltsame Liste, der ganze Apparat von Weigerungen, erschien mir auf einmal wie ein fein ausgedachter Spaß, eine Schrulle, über die man am besten hinwegblickte. Es war ganz falsch gewesen, das Papier überhaupt ernst zu nehmen. Vielleicht war es ja gar keine selbstverfertigte Lebensanleitung, sondern nur irgendein Text, der als Komödie aufgeführt werden sollte. Ich erinnerte mich plötzlich, dass mein Freund früher tatsächlich in einem Theater oder Kabarett gearbeitet habe.

Er kam erst spät, kurz vor Mittag, herunter, aber in einer so aufgeräumten Stimmung, als sei er in aller Frühe aufgestanden. Gleich setzte er sich an den gedeckten Tisch. Ich bemerkte, dass er heute eine andere, ebenso ungewöhnliche Kleidung trug, eine Art Sportdress, der aber sehr altmodisch anmutete: Er bestand aus einem Mantel in großkariertem, bräunlichen Stoff mit riesigem Kragen und eckigen Knöpfen, die flachen Schildchen glichen, darunter trug er ein stark gemustertes Freizeithemd und um den Hals eine Fliege aus bläulichem Samt, die wie der Bestandteil einer Uniform wirkte. Nun, dachte ich, dieser Kleidungsstil ist eine Eigensinnigkeit, die man am besten gar nicht beachtet.

Er schien ihm selbst allerdings einige Mühe zu bereiten, denn während er zu essen begann, erwähnte er beiläufig die Schwierigkeiten, die er mit seiner Kleidung habe. In den Geschäften sei nirgendwo etwas Passendes zu finden, die Kleidungsstücke hätten stets eine falsche Größe, und überhaupt trachte er nun danach, nur noch bequeme Sachen zu bekommen. Ich empfahl ihm ein Geschäft in der Stadt, wo man gebrauchte Kleidung kaufen konnte und tat so, als könnte ich dies alles, seinen Kleidungsstil und die Besorgnisse, die er mit ihm verband, ernst nehmen. Dabei versuchte ich, nicht seine Füße anzusehen, die schon wieder in den unförmigen Straßenlatschen steckten.

Über diesen Erörterungen ging das Frühstück hin, und schließlich fragte ich ihn, wie er den Rest des Tages verbringen wolle. Gleich ging er fast begierig darauf ein und erklärte, einem Geschäft nachgehen zu müssen, das wohl den ganzen Nachmittag beanspruchen würde und zu dem er die Stadt aufsuchen müsse. Er bedauere es, fügte er mit eigenartiger Förmlichkeit hinzu, mir heute nicht Gesellschaft leisten zu können, aber er sei an dieses Geschäft gebunden. Das war ja eine überraschende Wendung, die er da vollzog, ein solches Geschäft hatte ich ihm gar nicht zugetraut und auch diese neue Höflichkeit nicht.

Gleich nach dem Frühstück verabschiedete er sich; er trug immer noch seinen Freizeitdress, wie er selbst es nannte. Das war nun besonders unpassend, denn er wollte doch zu einem geschäftlichen Termin. In der Hand hielt er einen Aktenkoffer, dessen Klappe mit einem Gürtel umschnürt war und aus dem ein Stück Pappe hervorlugte. Er wollte also seine Akten oder was immer es war, zu dem Geschäft mitnehmen. Ich dachte an die Weigerungen, und mir fielen nur wenige Stellen in der Stadt ein, die an so etwas Interesse haben konnten. Wenn es wirklich ein Geschäft war, das er damit betrieb, konnte es nur eines mit einem ebenso verqueren Geschäftspartner sein wie er selber einer war, und davon war ja nichts zu erhoffen. Unwillkürlich versuchte ich, mir eine Verhandlung über Weigerungen vorzustellen, und schon das war ja unmöglich.

Ich sah ihn zum Gartentor schlurfen und es hinter sich schließen; kurz blickte er zurück zum Haus und versuchte mit der linken Hand ein Winken, aber ich sah, dass er mit den Gedanken schon fort war.

Dies alles, die überraschende Ankunft, die Beherbergung und schließlich der rätselhafte Aufbruch, ließen mich nicht zur Ruhe kommen. Mit einem Mal verstand ich nicht mehr, wie ich dieser Beherbergung so ohne Weiteres hatte zustimmen können. Die Beschäftigung des ehemaligen Freundes war nur zu unklar, sie war eigentlich verdächtig. Wie konnte er in einem solchem Aufzug überhaupt Geschäften nachgehen? Möglicherweise waren es zwiespältige Kontakte, die er pflegte. Was wusste ich denn, abgesehen von seinen Auskünften, die mir plötzlich seltsam dürftig erschienen, von seiner Existenz? Die ganze Sache mit den Weigerungen und die unbeholfene Kostümierung erschienen mir auf einmal wie eine kompliziert aufgebaute Ablenkung, die so fein war, dass man ihr glauben musste. Ich sah meinen Freund plötzlich vor mir in verdeckter Eile, seine Kleidung an einem geheimen Ort gegen eine andere wechselnd und erfüllt von dem hinterhältigen Behagen, auf diese Weise alle Spuren verwischt zu haben. Gleich fiel mir nun auch ein, mit welchem Blick er sich beim Öffnen der Gartenpforte davon überzeugt hatte, dass niemand ihn beobachte; zwei- oder dreimal hatte er die Straße hinauf- und hinuntergeblickt und danach sofort, mit einem betont gleichmütigen Schritt, die Straßenseite gewechselt. Verriet dies alles nicht ein Bemühen, Blößen zu vermeiden, den eigenen Aufenthaltsort geheim zu halten? Mein Haus war die Durchgangsstation eines Flüchtigen gewesen, eines Mannes, der sich hinter dem Vertrauen eines arglosen Freundes verschanzt hatte. Ich blickte empor zum Fenster der Gästekammer, und plötzlich überkam mich eine verzweifelte Empörung. Ich stürmte die Treppe hinauf und geradewegs in sein Zimmer, das ich unverschlossen fand.

Der kleine Raum war angefüllt mit verbrauchter Luft und lag in einem schummrigen Dunkel. Gleich öffnete ich die Fenster und Läden. Dann blickte ich mich um, in der Erwartung, eine Bestätigung meines Verdachtes vorzufinden – Zeitungsausschnitte etwa, die ihn als polizeilich Gesuchten auswiesen. Aber nichts Auffälliges war zu sehen. Seine Kleidung war mit einer scheinbar auf längere Zeit gründenden Ordnung in die Schränke gestapelt, im Bad standen Zahnbürste und Zahnpasta ordentlich im Glas, und seine Socken hingen sauber nebeneinander auf der Stuhllehne.

Alles schien bis zum Verdruss verfahren und unklar, und schon überlegte ich, die Behörden hinzuzuziehen. Da hörte ich plötzlich, wie unten die Haustür geöffnet wurde und ging zur Treppe.

Mein Freund trat ein. Er trug noch die gleiche Kleidung wie am Vormittag, den karierten Mantel, das bunte Hemd und die Fliege. Gebückt schloss er die Tür hinter sich und durchquerte den Raum mit kurzen Schritten. Plötzlich aber blieb er stehen, setzte den Koffer zwischen die Füße und blickte zu mir auf. Über sein Gesicht glitt ein Lächeln wie ein Vorwurf; er schien auf einmal alle meine Gedanken erraten zu können. Dann zog er die rosafarbene Mappe hervor und hielt sie in die Höhe.

„Es ist nun fort“, sprach er mit leiser Stimme, „nun ist es wirklich so gegangen, wie ich gedacht hatte. Der Preis ist gering gewesen, viel zu gering …“

Und plötzlich begann er, in dem seltsamen Ton, den ich schon am Tag zuvor hinter der Tür von ihm gehört hatte, etwas aufzusagen. Es war die Liste der Weigerungen, er sprach sie auswendig, fehlerfrei und mit einer Stimme, die das ganze Maß, die unglückliche Vollkommenheit seiner Weigerungen, mit einem Male voll enthielt.

Modellbahn

An jenem Sonntag – drei oder vier Stunden hatten wir im Gespräch beieinandergesessen und Erinnerungen an eine gemeinsame Schulkindheit bewegt, wobei ein unruhiger, von Wind durchsetzter Regen an die Scheiben geschlagen hatte – an jenem Sonntag also zeigte Fink mir die Modellbahn. Schon oft hatte er von ihr gesprochen, in Wendungen, die das Belanglose seiner Liebhaberei zu entschuldigen suchten; womit er sich da beschäftige, sei ein hoffnungslos altmodisches Steckenpferd, eine indiskutable Marotte; dennoch wolle er von ihr, der Modellbahnerei, nicht lassen; er könne selbst nicht sagen, warum. Natürlich beeilte ich mich, Fink zu versichern, dass ich die Vorurteile, die man seinem Hobby entgegenbringe, nicht teile, es im Gegenteil immer sehr interessant gefunden habe, sogar der Meinung sei, dass sich in ihm eine Art künstlerischer Ausdruckswillen verkörpere. Fink nickte und blickte zu Boden.

Auch an jenem Sonntag gelangte die Modellbahnerei in unser Gespräch, beiläufig zunächst, aber dann immer angelegentlicher. Wir sprachen über die Nachahmung der Wirklichkeit, die der Modellbahnbauer vollzieht, und mit welchen optischen Täuschungen er den begrenzten Raum, der ihm zur Verfügung steht, größer erscheinen lassen kann. Ich berichtete von Schauanlagen, die ich in Verkehrsmuseen gesehen hatte und zählte die Attraktionen auf, die dort dargeboten werden: Lokschuppen mit Drehscheiben, hängende Schluchten, über die sich kühne Viadukte spannen, mit Reklametafeln belebte Kleinstädte, die sich um Bahnhofsplätze schachteln und abgelegene Berggehöfte, neben denen gescheckte Kühe grasen. Fink nickte zu meinen Beschreibungen, schien sie aber mit einer Art Ungeduld anzuhören. Plötzlich sprang er auf und erklärte, unserem Gespräch fehle der Boden, die Praxis; es sei an der Zeit, dass ich endlich seine, Finks, Anlage zu Gesicht bekäme. Er wolle sie mir vorführen, jetzt, auf der Stelle, es sei der Moment dafür. Zwar würde ich vielleicht enttäuscht sein, aber egal.

Ich nickte, und kurz darauf stiegen wir, unsere halb ausgetrunkenen Weingläser in den Händen, in den Keller hinunter. Fink steuerte auf eine Tür am Ende eines Gangs zu, zog einen Schlüssel hervor, drehte ihn mit einem Ruck und öffnete, wobei er mit einer gewohnheitsmäßigen Bewegung nach rechts tastete. Neonlicht flackerte auf, und wir betraten einen niedrigen Keller.

Was ich sah, glich auf den ersten Blick einer Pingpongplatte oder einem Spieltisch: Ich blickte auf eine glatte, gelbliche Fläche, die etwa drei Meter breit und sechs Meter lang sein mochte und tischhoch auf Böcken ruhte. Gleise oder Züge waren gar keine zu erkennen, nur ein paar niedrige Felsen und zwei einzelne Kakteen, die aussahen wie Wächter. Rechts vorn, am Rand der eigentümlichen Wüstenei, deren Farbe zwischen Ocker und Pastellgelb schwankte, stand das Modell eines Schuppens: Ein pultartiges Dach überdeckte niedrige Holzwände, in denen schmale Fenster saßen und eine grünliche Tür. An ihm vorbei führte ein einzelnes Gleis, das die Ebene in zwei Hälften teilte. Schnurgerade lief es zuerst auf den Schuppen zu, vollzog hinter ihm dann eine halbe Wendung und mündete am Rand der Platte, die durch hellblaue Wandschirme umfangen wurde, in Tunnel, die einander genau gegenüber lagen und aussahen wie zwei Mauselöcher. Neben dem Häuschen standen ein Signal und ein Stationsschild. Unwillkürlich ging ich in die Knie, um es zu entziffern, konnte von den Buchstaben, denen Fink offenbar eine künstliche Verwitterung hinzugefügt hatte, aber nur die ersten drei lesen: *Kal …*

„Eine Nebenstrecke?“, fragte ich, indem ich über die Ungewöhnlichkeit der Anordnung hinwegging.

„Wie man es nimmt“, sagte Fink und drehte das Weinglas in den Händen, „für mich ist es die Hauptsache.“

„Wie heißt die Bahnlinie? Ich meine, hat sie einen Namen?“

Fink schien zu überlegen. „Ich glaube nicht“, antwortete er schließlich.

„Verkehr ist hier wohl nicht viel?“, fragte ich, ging in die Hocke und spähte am Gleis entlang.

„Wie man es nimmt“, sagte Fink schon wieder, „stillgelegt ist die Strecke nicht. Obwohl es vielleicht so aussieht.“

„Es kommen also Züge?“, fragte ich und berührte das messingfarbene Gleis.

„Einer auf jeden Fall. Einer kommt“, entgegnete Fink.

„Bestimmt nur einmal pro Woche", vermutete ich, „so einsam, wie es hier ist."

„Kann ich nicht sagen", antwortete Fink. „Der Zug kommt nicht regelmäßig."

„Gibt es keinen Fahrplan?"

„Wie man es nimmt", wiederholte Fink.

„Ist das Haus bewohnt?", fuhr ich fort zu forschen und deutete auf den Schuppen.

„Freilich", sagte Fink und trank einen Schluck, „der Stationsvorsteher wohnt da, Stümper."

„Wieso Stümper?", fragte ich.

„Das ist sein Name, Stümper."

„Ach so." Ich ging wieder in die Hocke und spähte in das Fenster. „Natürlich, einen Stationsvorsteher muss es geben. Eine schwierige Arbeit?"

„Man muss dafür geschaffen sein", meinte Fink, „dann ist es genau richtig."

„Und Stümper ist geschaffen dafür?"

„Die Station ist sein Leben."

Ich sagte nichts, sondern versuchte, in dem winzigen Fenster eine Spur von Stümper zu erhaschen, irgendetwas, das auf ihn deuten mochte.

Fink trat ein paar Schritte zur Seite und stellte sich hinter ein Pult. Bestimmt setzt er jetzt den Zug in Bewegung, dachte ich, das wird ja auch Zeit. Bestimmt kommt jetzt gleich aus dem Mauseloch da ein Zug geschossen, Finks Zug, Stümpers Zug meinetwegen.

Es gab ein Klicken und irgendeine Bewegung, ich konnte es nicht genau sehen.

„Was war das?“, fragte ich.

„Stümper hat das Signal umgestellt“, erklärte Fink.

Ich guckte hin: Tatsächlich war die längliche Kelle an dem Signalmast nach oben gewandert.

„Heißt das, jetzt kommt der Zug?“

„Nicht unbedingt“, entgegnete Fink, „die Strecke ist nur freigegeben.“

„Für den Zug?“

„Nicht unbedingt, es gibt auch allgemeine Freigaben.“

„Stümper versteht sein Handwerk“, stellte ich fest.

„Die Station ist sein Leben“, wiederholte Fink und trat vom Pult zurück.

„Wie kommt Stümper eigentlich mit der Einsamkeit hier zurecht“, erkundigte ich mich, „kriegt er Besuch?“

„Stümper ist ungesellig“, erklärte Fink, „Besuch braucht er keinen.“

„Er sieht also niemanden?“

„Nur den Lokomotivführer“, erklärte Fink. „Wenn der Zug kommt, steigt er aus und trägt Stümper die Pakete ins Haus.“

„Stimmt“, entgegnete ich, „selbst Stümper muss irgendwann einmal etwas essen.“

Fink nickte und wandte sich einem Regal zu, das an einer Seitenwand stand. Er zog ein bläuliches Buch hervor und begann darin zu blättern.

„Ich habe hier Stümpers Bestellungen“, erklärte er, „mit dem Feuerholz reicht er noch aus bis Dezember, aber die Kartoffeln werden langsam knapp. Auch das Trockenobst ist schon fast aufgebraucht.“

„Dann wird es ja Zeit, dass ein Zug kommt“, sagte ich und blickte in Richtung Mauseloch. „Die Freigabe hat Stümper ja schon erteilt.“

„Freigaben kann er viele erteilen“, erwiderte Fink. „Das hat auf den Zug keinen Einfluss.“

„Und wer bestimmt, wann der Zug kommt? Du?“

Fink blickte vom Buch hoch. „Nein, ich habe damit nichts zu tun. Das regelt der Lokführer. Schneller.“

„Wieso schneller?“

„Das ist sein Name.“

„Schneller also“, sagte ich, „Und wann kommt Schneller endlich? Es wird langsam kalt hier unten.“

Fink ging auf meine Bemerkung nicht ein.

„Schneller ist sehr beschäftigt“, erklärte er in einem amtlichen Ton, „Stümper ist nicht der Einzige, den er zu versorgen hat. Der Zug ist langsam. Und die Entfernungen sind nicht unbeträchtlich.“

„Ich finde trotzdem, der Zug könnte langsam kommen“, beharrte ich, wobei ich merkte, dass meine Stimme ungeduldig klang.

„So einfach ist das nicht“, sagte Fink und trat einen Schritt von der Modellbahnplatte zurück, „Schneller ist jetzt wahrscheinlich ganz woanders.“

„Glaube ich nicht“, sagte ich und stellte mein Weinglas neben Stümpers Hütte.

Fink erschrak.

„Das geht nicht mit dem Glas“, sagte er, trat hastig neben mich und schickte sich an, es wegzuräumen.

In diesem Augenblick erklang ein Tuten aus der Richtung des linken Mauselochs, und ein Zug schoss hervor, eine Dampflokomotive mit grünlichen Personenwagen und einem einzelnen Güterwaggon. Gleich fiel mir auf, dass Rauch aus dem Schornstein stieg und dass er sich in täuschend echten Kringeln wand. Die Lokomotive und der Zug wirkten auf nicht ganz erklärbare Weise naturgetreu: Rostschlieren zogen sich am Kessel entlang, und hinter den Waggonfenstern glaubte ich bewegliche Gestalten zu erkennen. Auch das Fahrgeräusch klang wie das einer wirklichen Bahn. Während der Zug sich der Station näherte, wurde er langsamer, und der Rauch schien sich zu verdünnen. Nicht schlecht, dachte ich, Fink hat sich ins Zeug gelegt.

In diesem Augenblick öffnete sich die Tür des Schuppens und Stümper trat hervor. Er ging gebückt, wie unter einer Last, suchte sich aber mit in den Hosentaschen vergrabenen Händen ein gleichmütiges Aussehen zu geben. Stümper trug eine blaue Stationsvorsteheruniform und eine rote Stationsvorstehermütze mit schwarzem Schirm. Während die Bahn zum Stillstand kam, hob er die Signalkelle und postierte sich auf dem Perron.

Eine zweite, schmalere Gestalt kletterte aus dem Führerstand, trat auf Stümper zu und schüttelte ihm die Hand. Schneller, dachte ich. Eilig, als dürfe er den Aufenthalt nicht zu sehr ausdehnen, wandte Schneller sich von Stümper ab, lief am Zug entlang und öffnete eine Schiebetür. Er zog ein verschnürtes Paket zu sich und balancierte es vor der Brust. Stümper nahm es ihm ab und nickte. Schneller sagte noch zwei Worte, klopfte Stümper auf die Schulter und lief schon wieder dem Führerstand entgegen. Kurz darauf setzte der Zug sich in Bewegung mit einem Schnaufen. Schneller winkte aus dem Fenster Stümper zu, aber der Stationsvorsteher hatte schon wieder eine dienstliche Haltung eingenommen und griff nach der Kelle.

Mit wieselhafter Geschwindigkeit glitt der Zug davon, überquerte die Ebene und war kurz darauf auch schon im Mauseloch verschwunden, eine längliche Rauchfahne hinter sich herziehend.

Stümper sah dem Zug nach, während seine Haltung langsam beweglich wurde. Er ließ die Kelle sinken, vergrub die Linke in der Hosentasche und wandte sich dem Stationshäuschen zu. Auf halbem Weg aber, als fiele ihm etwas ein, blieb er noch einmal stehen, wandte sich um und winkte Fink zu. Fink winkte zurück, die Bewegung gedämpft, als wollte er Stümper nicht erschrecken. Dann machte er mit den Fingern ein Zeichen. Stümper drehte sich um und verschwand.

Fink nickte, ohne mich anzusehen und blieb eine Weile reglos stehen. Dann steuerte er auf die Kellertür zu, wobei er mich mit einem Winken aufforderte, ihm zu folgen. Von der Tür aus, während das Licht erlosch, blickte ich noch einmal zurück auf die Station und registrierte flüchtig, dass sich in dem kleinen Fenster ein Licht entzündete. Es wird Abend, dachte ich. Endlich schloss die Kellertür sich hinter uns.

Wieder oben angekommen, stellte ich mit einem Blick zur Uhr fest, dass in der Zwischenzeit mehr als zwei Stunden vergangen waren und es schon dämmerte. Ich bedankte mich bei Fink für den Nachmittag, das interessante Gespräch und die eindrucksvolle Vorführung und griff nach meinem Mantel. Wir verabschiedeten uns, ohne ein Wort über die Ereignisse im Keller zu verlieren.

Dann trat ich aus dem Stationsgebäude, schloss die grünliche Tür hinter mir, lief auf den Perron zu und blickte an den Gleisen entlang in die Ferne. Kalter Wind strich über die Ebene, und ein Dunst ballte sich in der Ferne zusammen. Ein Zug kommt heute bestimmt noch, dachte ich, einer auf jeden Fall. Aber die Entfernungen sind nicht unbeträchtlich.

Stiegenhaus

Während jenes Novembers, der ungewöhnlich kalt war und dunkel, arbeitete W. stundenweise bei einem Ingenieur, der mit der Begutachtung eines Warenhauses im Süden der Stadt beauftragt war und der für diese Tätigkeit einen beweglichen Assistenten gesucht hatte. Tage- und wochenlang waren sie beide damit beschäftigt, die verwinkelten Treppenhäuser des Gebäudes abzugehen und den Zustand der Wände, Decken, Stufen und Fenster in Listen einzutragen, die W. auf einem Klemmbrett vor sich hertrug. Der Ingenieur, ein erfahrener, schon grau und müde gewordener Endfünfziger, beklopfte mit einem Hammerstiel die Wände, rüttelte an den Geländern, um ihre Festigkeit zu prüfen und zog von Zeit zu Zeit eine altmodische Kamera hervor, um abgeblätterten Putz, verrutschte Stromleitungen oder zerbrochenes Fensterglas im Bild zu dokumentieren.

Die Stiegenhäuser, die einander zum Verwechseln ähnelten, waren erstaunlich weitläufig und bildeten zu den warm beleuchteten Verkaufsräumen, in denen Damen- und Herrenbekleidung, Kinderspielzeug, Sportgeräte und Haushaltswaren zur Schau gestellt wurden, eine seltsam schiefe und verrutschte Nebenwelt, in der eine unbekannte Historie anwesend schien. Verschnörkelte Steckdosen, handgeschriebene Papptafeln und umständlich formulierte Verbotsschilder erzählten von weit entfernten Vergangenheiten eines jahrzehntelang in hoher Betriebsamkeit gewesenen Handels, dessen Ökonomie gerade in der bedingungslosen Sparsamkeit sich zeigte, die über diesen den Kunden unzugänglichen Räumen gewaltet hatte. Nichts war dem Auge hier je annehmlich gemacht worden, keinem Bedürfnis außer dem reinen Zweck hatte man je zu folgen versucht, und selbst die halbherzigen Renovierungen, auf deren Spuren W. und der Ingenieur trafen, hatten das Bild gänzlicher Nüchternheit nicht wenden können. Während W. hinter dem Ingenieur her schritt, ihm in immer abgelegenere Regionen der Treppenwelt folgte, war es ihm, als ließen sie nicht nur die Grenzen der Warenwelt, sondern auch der draußen herrschenden Zeit hinter sich und träten ein in eine von ihr abgesonderte Nebenzeit, aus Vergangenheit und Gegenwart gemischt. In ihr schien die Geschäftigkeit der zwanziger, das Pathos der dreißiger, die stickige Heiterkeit der fünfziger und die behäbige Gemütlichkeit der siebziger Jahre im Ferment anwesend und sichtbar, sichtbar in unscheinbaren baulichen Details, die in den Augen der Männer Bedeutung gewannen, indem sie sich ihnen unter der Perspektive des ausforschenden Blickes zuwandten. Sie bestaunten die Mannigfaltigkeit der Oliven und Klinken, die unterschiedlichen Erhaltungszustände der Handläufe, Krümmlinge und Türgewände, die verschiedenen Grade der Abnutzung des Linoleums und fügten dies alles, dem diktierenden Wort des Ingenieurs folgend, in ihre Notizen. Gewisse Schwierigkeiten der Zuordnung ergaben sich, wenn die Stiegenhäuser aus irgendeinem Grund ein Stockwerk nicht erschlossen, es gleichsam übergingen und frei abzuschweifen begannen; man konnte dann buchstäblich nicht mehr sagen, wo man war, im dritten Stock, im vierten oder ganz woanders.

W. fühlte sich auf diesen Gängen, obwohl sie ihn ermüdeten, wohl, und glaubte in der Luft, die in den schwach beheizten Räumen umging, einen Hauch von Freiheit und Abenteuer zu schmecken, wie man ihn einatmet, wenn man sich einer unüberblickbaren Aufgabe verschrieben hat. Täglich um acht, noch in der Dunkelheit, begannen sie mit ihren Gängen, unterbrachen sie nur gegen zwölf für eine kurze Mahlzeit im Warenhausrestaurant und setzten sie dann fort bis in den Einbruch der Dunkelheit hinein. Der Beginn des Tages war immer gleich: Nach einer Lagebesprechung mit dem ältlichen Kaufhausdetektiv, dem erörtert werden musste, wann und wo sie heute das Treppenlabyrinth durchstreifen würden, passierten sie einen unauffälligen, stets verschlossenen Türzugang, der hinter einem Kleiderständer unversehens in die Treppenwelt mündete, und kaum waren sie in der Routine des Betrachtens und Klassifizierens angekommen, umfing W. ein Gefühl tief befriedigter Gewohnheitsmäßigkeit, als verrichte er diese Arbeit schon ein Leben lang.

Die Zonen, in welche sie gelangten, wandelten sich, so wie man auf einer Reise unterschiedliche Landstriche durchmisst. Waren sie in der ersten Woche täglich weiter emporgestiegen in immer lichtere Zonen hinauf, wo die

Geräusche verstummten, die Aussicht durch die staubverhangenen Fenster weit wurde und man eine zunehmend verdünnte Luft einzuatmen glaubte, begannen sie in der zweiten Woche niederzusteigen, abzuklettern in die Tiefkeller, wo Lager, Heizungsräume und Magazine unterhalten wurden. Auf fensterlose Nebengänge trafen sie hier, in die seit Jahr und Tag kein Mensch mehr einen Fuß gesetzt haben mochte. Die Böden waren mit Staub bedeckt, und offenbar seit unvordenklicher Zeit nicht mehr bewegtes Gerümpel versperrte ihnen den Weg. Eine unbewegliche Luft lastete hier unten, eine Atmosphäre, die den Stillstand, in den sie getreten und den sie aufgestört hatten, ruchbar machte.

W. bemühte sich, die Beklemmung, welche die ungewohnte Umgebung ihm verursachte, durch konzentrierte Aufmerksamkeit niederzuhalten, folgte in seinen Eintragungen noch gewissenhafter dem Diktat des Ingenieurs und achtete darauf, die Wände und Wandabschnitte in seinen Notizen unverwechselbar zu bezeichnen, wobei er zu immer neuen Kürzeln Zuflucht suchte. Obwohl er die Räume, die sie durchmaßen, aus den Plänen kannte, bereitete es ihm Schwierigkeiten, die Grundrisse auf dem Papier den Nischen und Winkeln vor seinem Auge zuzuordnen. Oft erwies es sich, dass die Pläne von der Wirklichkeit abwichen oder die Wirklichkeit von den Plänen: Ecken schoben sich ihm entgegen, von denen der Grundriss nichts wissen wollte, Türen öffneten sich, wo es nicht vorgesehen war, und Wände knickten ab, wo es nichts abzuknicken gab.

Der Ingenieur, der sich seit einiger Zeit in geringem Abstand zu W. hielt, kommentierte diese Abweichung der Dokumente von der Wirklichkeit mit Sarkasmus; er sprach davon, dass Bestandsplänen, egal wie gewissenhaft aufgenommen, nie ganz zu trauen sei; was ihnen hier begegne, sei nichts im Vergleich mit anderen Gebäuden, in denen er zu tun gehabt habe und wo die Differenz zwischen Zeichnung und Wirklichkeit noch viel bestürzendere Ausmaße erreicht habe. Was jene Fehler regelmäßig hervorbringe, könne er übrigens nur vermuten; zum Teil seien sie wohl zurückzuführen auf Nachlässigkeiten beim Zeichnen; zum Teil verdankten sie sich aber auch dem Bestreben der Gebäudeeigner, die Behörden über die wahre Größe ihrer Besitztümer im Unklaren zu lassen. Man könne in diesem Bereich mit allem und nichts rechnen, schloss er unbestimmt und deutete mit dem Stiel seines Hammers gegen die Decke des niedrigen Raumes, in dem sie gerade standen.

W. beeilte sich, dem Ingenieur zuzustimmen, obwohl dessen Erklärungen ihn keinesfalls befriedigten. Da der Nachmittag schon fast aufgebraucht war, unterbrachen sie das Gespräch und wandten sich wieder der Begutachtung zu, wie der Ingenieur ihre Tätigkeit zu bezeichnen nicht müde wurde. Wohl eine halbe Stunde arbeiteten sie eine vielfältig mit Nischen durchsetzte Wand ab. Da die Pläne erneut nicht stimmen wollten, musste W., um der Wirklichkeit zu genügen, Handskizzen nach der Beobachtung anfertigen. Während er die unfolgsamen Wände mit den Augen abging, auf dem Papier nachzeichnete, sah der Ingenieur ihm über die Schulter und korrigierte hier eine Proportion und dort ein Symbol, das Leitungen oder Wandauslässe darstellte. Auch die baulichen Schäden übertrafen das Gewohnte: Nicht nur Hohlstellen im Putz wollten festgehalten werden, auch nachhaltige Durchfeuchtungen des Mauerwerks, die zu salzigen Ausblühungen geführt hatten. Putz löst sich stellenweise schalenhaft, diktierte der Ingenieur W. nicht ohne Befriedigung in der Stimme, und W. schrieb die Formel nickend auf.

Endlich war die widerspenstige Wand abgearbeitet, und sie begannen das Stiegenhaus emporzusteigen, einer Routine folgend, bei welcher der Ingenieur immer eine halbe Treppe höher ging und Fotos machte, während W. die Nummerierung der Wandabschnitte vollendete. Waren die Bilder fertig, kam der Ingenieur zurück, und gemeinsam klassifizierten sie nun die Schäden, bis alles aufgenommen war und sie im nächsten Geschoss fortfuhren.

Trotz der starken Schäden im untersten Geschoss erwies sich das Stiegenhaus als überraschend gut erhalten; schnell kamen sie voran und füllten die Blätter mit nur wenigen Bemerkungen, was W. zugleich freute und verdross, weil die Arbeit nun zwar gut voranschritt, er aber auch die Stunden schwinden sah, die der Ingenieur ihm würde bezahlen müssen. Die Grundrisse stimmten mit den Plänen nun wieder leidlich überein, und die Beklemmung, die ihn in den Kellern erfasst hatte, war gewichen.

Gerade wollte er eine erleichterte Bemerkung machen, als sein Blick auf eine Nische fiel, die vom nächsthöheren Podest abging. Sie war in den Plänen nicht verzeichnet. Seufzend zog er einen Bogen Papier hervor und stieg zu ihr hinauf. Zu seiner Bestürzung erwies es sich, dass es gar keine Nische war, sondern der Durchgang zu einem weiteren, in den Plänen keinesfalls verzeichneten Stiegenhaus. Die Treppe, eine Wendeltreppe auf rechteckigem Grundriss, stieg sehr steil empor. Licht gab es keins; der Schalter an der Wand war ohne Funktion. Er leuchtete mit der Taschenlampe in den Schacht hinauf, ohne etwas Auffälliges zu entdecken – das Einzige, was der Lichtkegel enthüllte, war gelblicher Staub, der Stufen, Handlauf und Geländer bedeckte.

W. rief den Ingenieur zu sich mit der Bemerkung, hier warte noch ein Stück Arbeit auf sie. Sein Begleiter rief etwas Unverständliches zurück, kam dann aber doch heran, indem er sich bückte. Wortlos deutete W. über die Wände. Der Ingenieur legte die Stirn in Falten, sah sich um und prüfte die Pläne. Nennen wir das 11a, sagte er schließlich.

W. stimmte zu oder wollte es tun, denn schon war der Ingenieur ihm vorangegangen, die Treppe hinauf, die Taschenlampe in der Hand, und W. musste sich beeilen, ihm zu folgen. Die Stufen stiegen sehr steil empor, er musste sich am Geländer festhalten. Unwillkürlich begann er zu zählen; als er bei fünfundfünfzig angekommen war, passierten sie eine Stahltür, doch zu welchem Stockwerk sie gehörte, konnte er nicht feststellen.

Das rechnen wir nachher aus, erklärte der Ingenieur und kletterte weiter, als warte oben ein Ziel auf sie. Zweifellos würden sie, wie bei den anderen Stiegenhäusern, auf eine verschlossene Fluchttür treffen, die auf das Dach mündete, und eigentlich war es ungeschickt, jetzt diesen schnellen Vorstoß zu wagen, denn am Ende würde er sie zwingen, den Weg doppelt zurückzulegen, dachte W., aber etwas hielt ihn davon ab, seine Bedenken vorzubringen. Vielleicht ist es ja auch gut so, wir verschaffen uns erst einen Überblick, dachte er.

Während dieser Gedanken hatte W. es versäumt, die Umgebung zu beobachten. Plötzlich wurde er sich bewusst, dass er die Orientierung verloren hatte. In welchem Stock waren sie? Sie liefen im Kreis, auf der Stelle. Es wurde wärmer, stickiger; es war, als bewegten sie sich in einem Gefäß, in dem die Luft sich immer dichter zusammenschloss. Der Ingenieur war in ein Keuchen verfallen, wollte aber, obwohl W. es vorschlug, keineswegs anhalten, sondern arbeitete sich hinauf, als dürfe er keine Sekunde rasten. Kurz überlegte W., stehen zu bleiben und Atem zu schöpfen; dann stellte er sich vor, zurückzufallen und hastete weiter. Waren sie im unteren Bereich des Stiegenhauses noch auf Spuren gestoßen, die von Vorgängern zeugten – Farbflecke an der Wand, Aufkleber am Geländer – so waren Wände und Stufen nun ununterscheidbar einförmig. Vor uns war hier noch keiner, dachte W. und schalt sich sogleich für die Kindlichkeit des Gedankens. Dann überlegte er, welchem Zweck dieses Stiegenhaus diente. Da von ihm keinerlei Türen abgingen und es sozusagen doppelt vorhanden war, war es offenbar überflüssig – oder überflüssig geworden. Vielleicht hatte man das neben ihm nachträglich hinzugefügt und es danach versäumt, den toten Schacht abzureißen? Dann war es vielleicht gar nicht notwendig, es so genau zu begutachten; schließlich diente die Begutachtung ja dazu, eine Renovierung vorzubereiten. Ein nutzloses Treppenhaus aber würde man nicht renovieren; man würde es zumauern.

W. wollte nach dem Ingenieur rufen, um ihm seine Gedanken mitzuteilen, aber er stellte fest, dass er zu sehr außer Atem war. Seine Beine fühlten sich schwer an, und seine Brust schmerzte. Mit Unwillen sah er, dass er eine halbe Treppe oder mehr zurückgefallen war und nahm sich vor, aufzuholen, um vor dem Älteren nicht als Schwächling dazustehen. Aber so eilig er sich auch emporarbeitete, es gelang ihm nicht, den Ingenieur einzuholen; in dem Bemühen, beim Klettern die Arme zu benutzen, fiel er noch weiter zurück und sah von dem Voraneilenden jetzt gerade noch dessen Taschenlampenlicht, das zwischen den Geländerstäben wie durch ein Astwerk zu ihm herunterstach. Er zwang sich zu einem Ruf, merkte aber, dass seine Stimme so matt klang, dass es fraglich war, ob der Ingenieur ihn überhaupt gehört hatte. Er will nur hinauf, dachte W., was bestimmt der Wahrheit entsprach, ihm aber, vielleicht vermöge seiner Erschöpfung, vielleicht aber auch nur aufgrund der fremdartigen Umgebung, wie ein unlösbares Rätsel anmutete. Er will nur hinauf, er will nur hinauf, wiederholte W. in Gedanken, fragend oder rechtfertigend, er wusste es nicht zu sagen.

Die Wärme hatte zugenommen und verwandelte sich in trockene Hitze. W. spürte, dass sein Hemd an Brust und Rücken klebte und warf jetzt, während er zugleich dachte, dass dies sehr unvernünftig sei, die Jacke unter sich. Den Ingenieur sah er nun gar nicht mehr, sondern hörte nur noch ein durch die Wände zurückgeworfenes Keuchen, das dem Japsen eines Hundes glich. Er will nur hinauf, er will nur hinauf, dachte W. Da die Hitze immer stärker wurde, er aber nicht weiter zurückfallen wollte, zog er Hose und Hemd aus und warf beides unter sich; sogar die Strümpfe streifte er ab, was ihm aber nur einen Moment lang Kühlung verschaffte, bis seine Füße den Staub berührten, eine Empfindung, als liefe er durch glühenden Sand. Auch die Wände, an denen er sich abzustützen versuchte, waren heiß, als glühe hinter ihnen ein Ofen. Die Empfindung, einer immer dichteren Hitze entgegenzuarbeiten, steigerte sich einen Moment zu der Vorstellung, sich in einem zähen Medium zu bewegen, in dem die Bewegungen immer langsamer wurden. Längst hatte W. es aufgegeben, den Ingenieur einzuholen und hoffte nur, endlich das Ende der Treppe zu erreichen.

Plötzlich, als sei ein verborgener Schalter umgelegt, endet die Treppe. Ein quadratischer Raum mit niedriger Decke öffnet sich, und in ihm führt eine eiserne Leiter auf eine Deckenluke zu. Ohne einen Gedanken zieht W. sich an ihr empor, schlüpft durch sie hindurch und ist im Freien.

Er steht auf einer Ebene, die sich bis zum Horizont dehnt wie eine Wüste. Über sie spannt sich ein schwarzer Himmel ohne Sterne. Der Ingenieur ist verschwunden, so viel er auch herumblickt. In der kühlen Luft, die den Schweiß auf seinem Körper verdampfen lässt, geht W. umher, schreitet sein Feld ab, wendet sich Richtungen zu.

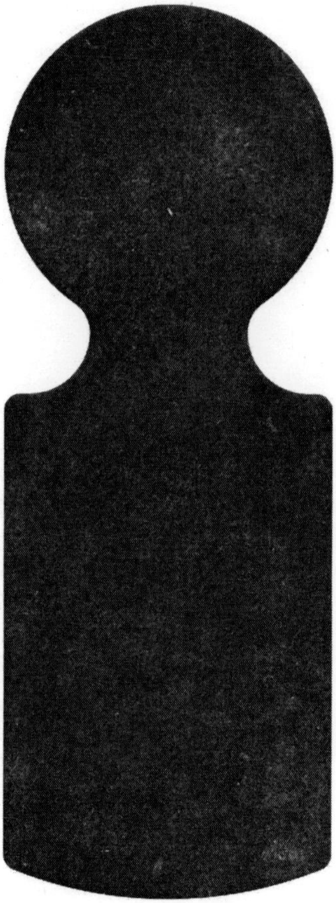

Die Fabriken

Schon gegen Nachmittag fasste ich den Entschluss, noch einmal loszufahren, um mir die Fabriken anzusehen. An langen, hohen Werkshallen wollte ich entlanggehen, meinetwegen auch nur an dem Zaun, der diese Hallen vor dem Vorbeigehenden verbirgt, und hinüberblicken über den frisch geschorenen Rasen auf die Fabriken. Groß stellte ich sie mir vor, riesengroß, nein, sah ich sie vor mir; ich hatte sie ja schon einmal gesehen, damals, im Vorbeifahren, aber das war kein richtiges Sehen gewesen, zum Sehen braucht man Zeit, viel Zeit, und ein bestimmtes Licht, das nicht immer zur Hand ist; ein Licht, das alles in Klarheit taucht und doch nicht stört; kein zu glänzendes Licht, aber auch kein zu stumpfes, ein Licht, das die Seiten aufblättert, ohne sie allzu schnell umzuwenden.

Die Fabriken! Hinter hohen Zäunen sollten sie aufragen, hinter weitem, grünem Rasen, hell, lang, mit gestreckten Fenstern, die aussehen würden wie die Barten eines Wales, gestaffelt, schmal, unzählige Pfeiler hintereinander, eine Reihung, ein Kumult. Und die Zäune davor, Drahtzäune, nein, Zäune mit Stäben, wären ebenso senkrecht und dünn und aufragend, vielleicht sogar vergoldete Spitzen oben an dem, was man die Zaunkrone nennt, wenn es dafür überhaupt einen Namen gibt, aber es gibt ja Namen für alles. Was für ein Rasen wäre hinter einem solchen Zaun mit goldenen Spitzen? Vielleicht müsste er nicht einmal gemäht und niedrig sein, nein, kein Dunkelgrün, kein Spinat, eher eine Wiese, hellgelb, weißlich, in Wellen liegend, ein ondulierter Plafond, dessen Säume um meine Füße streichen würden, warm, wie eine Welle am Meeresstrand, die sich mit einem Rascheln bricht, bevor sie die Füße umspült und dann wieder zurückweicht.

Und ein Pförtnerhäuschen wäre da aus Glas mit einer bohnenförmigen Klappe, durch die man sprechen müsste, und ein Pförtner darin mit roter Mütze und einem besonderen Lächeln, einem Lächeln, das einfach da wäre, weil dies die Fabrik wäre und das Werkstor; Tor 1 würde an einem gemauerten Pfosten stehen, auf einem Messingschild, und oben auf dem Pfeiler wäre ein orangefarbenes Drehlicht wie auf Feuerwehrautos, und überall Klingelknöpfe und Schranken und Mülleimerchen und Vorkehrungen dafür, dass ich käme.

In die Fabriken. Würde ich sie betreten? Würde ich sie, wie man immer sagt, besichtigen? Nein, eine Werksbesichtigung ist nicht in meinem Traum, in meinem Entschluss enthalten; was hinter den Zäunen und hinter den Walbartmauern vorgeht, interessiert mich nicht, es ist mir sogar recht, wenn es sich mir verbirgt, es reicht mir, wenn ich es mir vorstelle, wenn ich am Zaun stehe und über die ondulierte Wiese hinwegblicke, vorbei an Schildern, die von Unbefugten sprechen, und es wäre ein später Vormittag, ein Schwingen zwischen Mittag und Morgen, wehmütig fast, jener Punkt, an dem der Zeiger auf der Uhr einen Augenblick lang zu balancieren scheint, und man horcht in sich hinein, ob man sich bereitfindet für den Tag und für diese Uhrzeit, ob man für sie geboren ist; denn für alles muss man geboren sein, wenn man genau ist in seinem Inneren, und vor Fabriken muss man genau sein, besonders genau.

Ein Verkehr wäre um diese Uhrzeit vor den Fabriken kaum; die breite, gerade Straße mit den frisch gepflanzten Bäumen wäre ganz leer, nur ein oder zwei Wagen würden darauf fahren, vielleicht Lieferautos mit einem Auftrag für die Fabriken und mit bunten Aufschriften, die mit großen Telefonnummern enden würden; und ein Passant würde vorübergehen mit einem Aktenkoffer und einem Regenschirm, obwohl es heute überhaupt nicht nach Regen aussieht, aber Passanten haben immer Schirme, sonst sind sie keine. Der Passant würde kurz zu mir herüberblicken und vielleicht ein Nicken vollführen zum Gruß, denn wenn zwei sich auf einer solchen Straße begegnen, dann ist es wie auf dem freien Feld, wo man aneinander vorbeigeht, indem man sich zunickt; und in dem Nicken wäre ein Einverständnis enthalten zwischen uns beiden und mit der Straße und der Uhrzeit und dem Licht zwischen Mittag und Vormittag und den Fabriken, die diese Begrüßung bewachen würden über den Zaun hinweg, einverständig, wohlwollend, weil sie sich vollzieht um ihrer Dächer und ihrer Fenster und ihrer Walbartmauern willen. Vielleicht würde in diesem Augenblick ein Geräusch herübertönen aus einem der hohen Fenster, ein hallendes und zugleich dumpfes Geräusch, wie es Maschinen machen, die trotz des Vormittags schon ein wenig müde sind, weil es so langweilig ist, immer nur das Gleiche zu tun, Tag für Tag; und das Geräusch wäre wie ein Zunicken zu unserem Gruß, und damit würde der Zeiger plötzlich fortrücken in den Mittag hinein mit einem unsichtbaren Klick; und plötzlich wäre in dem Licht über die Walbartmauern hinweg etwas Festes, Wohnendes, Endgültiges, etwas, das sich nicht mehr abweisen ließe; und ich würde denken, wie gut, dass ich hergekommen bin, dass ich hier stehe vor dem Zaun, denn alles braucht, um da zu sein, um ganz da zu sein, einen Schauenden, einen Beobachter, und ich bin zum Sehen geboren, zum Schauen bestellt; hierher bestellt vor die Fabriken, vor den Saum der Wiese, und wer sollte hier stehen, wenn nicht ich.

Der Passant wäre in diesem Moment schon weg, wie es Passanten immer sind, wenn man ihnen hinterherblickt; trotz der langen Straße würde ich ihn plötzlich nicht mehr sehen, und sein Gesicht wäre mir nur undeutlich in Erinnerung, denn Passanten haben keine richtigen Gesichter, nur eine Zusammenstellung von Augen und Nase und Mund, die auf ein bestimmtes Gleichmaß gebracht ist, ein Gleichmaß, in dem sich nichts festsetzen kann und das im Hinblicken und Zunicken schon wieder das Wegblicken und das sich Abwenden enthält; aber man darf den Passanten nicht böse sein für dieses Gleichmaß, denn es gehört zu ihnen wie der Regenschirm.

Der Pförtner hätte über meine Begegnung mit dem Passanten hinweggeblickt, wie nur Pförtner es zu tun verstehen, er hätte vielleicht in eine aufgeschlagene Zeitung geschaut und einen Schluck Café genommen und ein Papier gerückt, das nicht unbedingt hätte gerückt werden müssen, und dann hätte er wieder aufgeblickt, ob ich noch da wäre, sehr unauffällig, denn Pförtner müssen vor allem unauffällig aufzublicken verstehen.

Und dann würde ich die Fabriken abschreiten, abgehen, von links nach rechts und wieder zurück von rechts nach links, den ganzen langen Zaun entlang, und zusehen, wie sich im Gehen die Walbartmauern verschieben und ihren Verdeckungstanz aufführen, der in sie eingeschrieben ist von Anbeginn; und wenn dort eine hell beleuchtete scharfe Kante sich langsam vorschöbe wie der Bug eines Schiffes, wiche dort eine bläulich matte Fläche zurück wie eine Tür, die jemand von innen schließt, und ein Zusammengedrängtes, das aus der Ferne grüßt, als wäre es stumm, entfaltet sich im Näherkommen wie eine Ziehharmonika, der jemand altgewohnte Töne entlockt, ein Lied, das immer wieder gespielt wird, weil es zum Wiederspielen geschrieben wurde, und das sind die Fabriken, das ist ihr Lied.

Und Hasen würden auf den Wiesen herumspringen, schnell, fast so, als müsste ich an ihnen zweifeln; aber dann würde sich ein Grashalm bewegen, der anzeigt, dass sich ein braunes Ohr an ihn legt, zitternd; aber das Herumspringen der Hasen wäre nicht stumm, sondern der Fabrikenmelodie eingefügt wie eine Oberstimme, ein Fagott, das über die Walbartmauern hinwegnäselt, vorwitzig, olivgrün, aber in dieser Vorwitzigkeit sich doch einfügend, wie alles sich einfügt, wenn man zuhört, wenn man zuzuhören versteht; und plötzlich wäre auch das Geräusch aus dem Fabrikeninneren wieder da und würde seine Schläge über die Hasen und die Walbartmauern hinweg führen, rhythmisch, aber versetzt, eine Synkope des Mittags, eine Begleitung, die daran erinnert, dass bald Essenszeit ist, dass die Töpfe in den Kantinen sich erwärmt haben und dass die vielen Teller und Bestecke für die Arbeiter bereitstehen, dass die vielen Tische schon gedeckt sind und dass gleich die Sirene ertönen wird für den Großen Mittag, ein lautes Tuten, das alles unterbricht, ohne es anzuhalten.

Aber ich würde immer noch am Zaun entlanggehen, von links, vom linken Proszenium aus nach rechts, zum rechten Bühnenrand, und von rechts wieder zurück nach links, immer vorbei an dem Pförtnerhäuschen aus Glas und der geschlossenen Schranke und dem glänzenden Schild, auf dem Tor 1 steht, aber der Pförtner würde schon lange nicht mehr aufblicken, sondern seine Zeitung fest vor das Gesicht gezogen haben wie eine Mauer. Der Passant würde längst weg sein, und ich wäre ganz allein vor den Fabriken, vor ihrem Auge, und könnte sie nun endlich befragen, endlos; aber mir würden plötzlich keine Fragen mehr einfallen, denn das Geräusch der Mittagssirene hätte alles unterbrochen, ohne es anzuhalten, und der Glanz auf den vergoldeten Spitzen würde plötzlich scharf schmecken wie eine unbekömmliche Speise, und ich würde endlich stehen bleiben, eine Hand geklammert an einen Zaunstab, der sehr kühl wäre, und mit dem Blick über die Wellen und Hasen hinweg würde ich auf einmal spüren, dass ich hungrig wäre, sehr hungrig, ein Hunger, der von unten aufsteigt, als wäre er die ganze Zeit verdeckt gewesen, verdeckt von dem Gespiel der Walbartmauern und der Goldspitzen und der Hasenohren; ein Hunger, der nicht nachgibt, der nicht zuhören will, der sich nicht abweisen lässt.

Und da würde es zu regnen anfangen, und plötzlich wäre der Passant wieder da, aus der Ferne würde er herankommen, sehr langsam, eine schwarze dünne Figur, ein Strich vor den Strichen der Mauern, den Schirm fest über sich gespannt wie eine Behauptung, die endlich bewiesen wurde; und er würde immer näher kommen, zu mir herschauend, ohne den Blick abzuwenden, und endlich würde er vor mir stehen, den Schirm fest in der Hand, mich fest im Blick, und sein Gesicht wäre auf einmal nicht mehr unbestimmt, sondern deutlich, ein dunkelgelbes Gesicht mit eng stehenden, schwarzen Augen, ein Gesicht, das festhält, das am Fortgehen hindert, vor dem alles stehen bleibt, ohne angehalten zu sein. Und auch der Pförtner wäre plötzlich wieder da, von hinten, und sein Lächeln verschwunden, und seine Mütze würde plötzlich aussehen wie die eines Polizisten, und der Passant würde rasch etwas hervorziehen, ein Papier, eine Karte, einen Ausweis, und mir hinhalten, als ob ich ihn lesen sollte, aber das würde nicht gehen, weil er ihn gleich wieder wegstecken würde und den Mund öffnen und etwas sagen, aber ich könnte gar nicht zuhören, weil die Töne von jenseits des Zaunes, von den Walbartmauern herab, immer lauter würden, ein Dröhnen, ein Schlussakkord, der sich zu einem Donnern steigert, ein Donnern, in dem die Mittagssirene immer höher schwingt, sich fortschwingt über die Wellen des Rasens hinweg, auf ein unbekanntes Ziel zu, ein Ziel, das man gar nicht versteht, so weit weg ist es.

Bor oder die Elfte Stadt

Nur vage und in Bildern, die wie durch einen schwefelgelben Stich gezeichnet scheinen, erinnere ich mich an meinen letzten Besuch in der Elften Stadt. Er führte mich zu Bor, der, wie es seinem Rang innerhalb des Planungsstabs entsprach, das Gipfelgeschoss in einem der Osttürme bewohnte, die auf den inneren Gartenring blicken.

Achtzehn Stunden hatte mich der Aeroplan über Ebenen, Wälder und Vernichtungsplätze getragen, als er mit einem Einschwingen der Tragflächen seine Füße auf die Terrasse setzte. Müde, noch von den Eindrücken bestürmt, die der Langflug mir hatte zuströmen lassen, blieb ich einen Augenblick in der Kanzel und überdachte die bevorstehende Unterredung, während mein Blick die Türme abging.

Bor, dieser Ruf eilte ihm voraus, galt als schwierig und zugleich beschlagen. Wollte man ihn überzeugen, musste man die eigene Sache ohne letzten Nachdruck vorbringen – so, als sei man sich ihrer nicht ganz sicher. Auf diese Weise erhielt er Gelegenheit, seinem Kontrahenten zu widersprechen und gab ihm am Ende Recht – eine unhintergehbare Strategie. Freilich waren das Erfahrungen längst vergangener Tage; wie der Umgang mit Bor heute geworden war, wusste ich nicht.

Während ich die Gurte des Aeroplans löste und die Triebwerke herunterfuhr, fiel ein Schatten über die Terrasse. Ein Spiegeltor öffnete sich und verbarg zugleich den, der es durchschritt. Der technische Hinterhalt erregte meine Ungeduld, obwohl ich auf ihn hätte gefasst sein müssen. Dies hier war die Elfte Stadt, und in ihr hatte man Verstecke und Ausflüchte zu gewärtigen.

Bor kam heran. Obwohl eine körpergroße Maschinerie ihn stützte, wirkte er nicht hinfällig, eher gewandt, fast überbeweglich. Bor trug Zivil. Seine Hände waren beschäftigt, zupften an Schaltern und Hebeln. Sein Blick, von einer teleskopischen Brille gerahmt, traf mich ohne Erwartung.

Ich öffnete den Ausschlupf des Aeroplans, sorgsam darauf bedacht, meine Bewegungen nicht überstürzt erscheinen zu lassen. Bor blieb stehen, und während sein linker Daumen an einem Hebel nestelte, hob die Maschinerie seine Rechte zum Gruß. Ich grüßte zurück, obwohl mir die Geste übertrieben schien. Wer von uns beiden zuerst sprach, weiß ich nicht mehr; ich erinnere mich nur, dass Bors Stimme dünn klang, obwohl sie von einem Verstärker gestützt wurde.

Wir nahmen auf zwei Schwingern Platz, die nah an die Brüstung gerückt waren und von denen man hinunter auf die Dachgärten blickte. Ohne Umschweife begann ein Gespräch. Offenbar, um einen nüchternen Blick vorzuführen, was die Lage der Elften Stadt anging, deutete Bor mit der Linken hinunter und setzte mir auseinander, dass die fortschreitende Wasserknappheit, die zunehmende Entleerung der Gebäude und die inneren Unruhen, welche die Stadt nun ohne Pause erschütterten, eine Pflege der Plantagen unmöglich mache. Was ihn selbst betreffe, so behelfe er sich damit, sich nun Obst aus Bunkerzucht heraufkommen zu lassen – eine Notlösung, aber bei seinem gesundheitlichen Zustand könne er, Bor, auf Obst nicht verzichten. Während Bor das Wort Bunkerzucht sprach, meldete die Maschinerie eine Unpässlichkeit; ein Licht glomm auf, und ein Schnarren durchbrach seine Rede. Bor brachte den Alarm mit einem Regler zum Schweigen; gleichzeitig zog er ein Diktaphon heran, das neben seinen Lippen angeordnet war und bestellte mit ein paar Worten eine Erfrischung.

Obwohl ich das Gespräch hätte voranbringen müssen, fühlte ich einen faden Geschmack im Mund und eine Leere im Kopf, was ich meiner Erschöpfung zuschrieb. Ich beschloss, einige Minuten Atem zu holen und das Gespräch, das schwierig genug war, dann wieder aufzunehmen. Schweigend blickten wir hinunter auf die aufgelassenen Gärten. Die untergehende Sonne übergoss die Stümpfe der Klaräpfel mit orangefarbenem Licht und zeichnete die Schatten der Stämme bläulich in den Grund. Zwei Burschen, Schieber offenbar, querten die Ebene, zogen einen Sack hinter sich her. Ihre Stimmen klangen dumpf zu uns herauf. Bor gab einen Laut von sich, der ein Stöhnen sein mochte.

Nach ein paar Minuten glitt das Spiegeltor zur Seite, und ein Gürteltier erschien. Zielgerecht, ohne zu zögern, trabte es auf Bor zu und stellte sich so unter seine Hände, dass er aus den ledernen Behältern an seinem

Rücken zwei Flaschen ziehen konnte. Eine davon schob er mir zu, eine Prozedur, bei der die Maschinerie allerlei Drehungen vollführte. Während ich die Flasche nahm und mich bei Bor bedankte, fand ich nicht seinen Blick.

Das Gürteltier, dessen Panzer schwarzviolett glänzte, wandte sich ab und entfernte sich ein Stück, hielt sich aber in Bereitschaft, indem es sich in geringer Entfernung an einen überdachten Platz stellte. Ich überlegte, Bor auf das offenbar dressierte Tier anzusprechen, aber möglicherweise war sein Auftritt nichts als eine geschickt ausgedachte Ablenkung. Ich erinnerte mich, dass Bor früher regelmäßig derartige Künste getrieben hatte.

Wir tranken, wobei Bor die Flasche in ein verchromtes Hebelwerk setzte, das sie in langsam schwingenden Bewegungen gegen seine Lippen schob. Die Flüssigkeit war kalt, farblos und schmeckte, als seien Mineralien in ihr gelöst. Ich vermutete, dass Bor sich mit ihr ein Stärkungsmittel zuführte. Tatsächlich fühlte ich, nachdem ich getrunken hatte, ein Zurückweichen meiner Erschöpfung.

Um den günstigen Moment zu nutzen, zog ich das Memorandum des Sechsten Plenums hervor. Mir war bewusst, dass Bor das Hoheitszeichen auf dem Siegel nichts sagen konnte und dass ihm die Namen der Unterzeichner, Inhaber hoher Ämter, fremd sein mussten. Aber ging es bei meinem Auftrag nicht gerade darum, Bors Unkenntnis, ja die Unkenntnis der gesamten Elften Stadt, was das Sechste Plenum, die Sechste Stadt und die übrigen Städte betraf, zu überwinden, mit der Borniertheit und Ignoranz der Elften Stadt ein für alle Mal zu brechen? Freilich hatten das schon andere, Entschlossenere versucht.

Ich blickte zu Bor. Seine Augen ruhten auf dem Gürteltier, das unbeweglich unter dem Schattendach verharrte; nicht einmal von dem Wasser, das in einem Napf bereitstand, nahm es etwas zu sich. Bors rechter Ringfinger kitzelte einen Hebel. Die Maschinerie wandte sich gravitätisch vom Abgrund und drehte sich weich, fast schmeichlerisch, dem Gürteltier zu. Ihre Stützungen waren nun deutlich sichtbar, auch ihre zahlreichen Anschlüsse an Bors Körper. Offenbar hatte dieser sich, da die Maschinerie nun für ihn arbeitete, stark zurückgebildet: Bors Ellbogen waren so dünn wie die eines Kindes, und seine kalkfarbenen Schenkel, die auf metallenen Traversen ruhten, schienen hinfällig. Hatte die Maschinerie Bors Lähmung hervorgerufen oder benutzte er das Hilfsmittel, um sie zu überwinden?

Ich schob die Denkschrift zurück in die Tasche. Meine Gedanken waren voreilig gewesen.

Während er den Blick nicht von Schattendach und Gürteltier nahm, begann Bor zu sprechen. Er fragte mich, ob mein Onkel mir seinerzeit die Pläne für die Elfte Stadt gezeigt, ob ich Einblick gewonnen hätte. Die Umsicht, Genauigkeit und Kühnheit, mit der man damals geplant habe, würden mich verwundern, vielleicht sogar niederwerfen. Fast ohne Vorbereitung, nur vermittels größter geistiger Anstrengung und Disziplin, habe der Entwurfsstab damals über eine Freiheit im Grundriss, über eine Wendigkeit und Kühnheit in der Aufteilung der Räume geboten, die so nie wieder erreicht worden sei, hinter die man unweigerlich habe zurückfallen müssen. Die Osttürme, ja sogar die Terrasse, auf der wir stünden, seien nicht einmal das bezwingendste Beispiel für den Überreichtum an Gestaltungskraft, der jeden Architekten, jeden Zeichner damals beseelt habe. Die Elfte Stadt enthalte Partien, die selbst jetzt noch das Auge bezwängen und für den Städtebau unumstößliche Leitbilder aufgerichtet hätten. Man sei seiner Zeit voraus gewesen damals, weit voraus, man habe sie in gewisser Weise überholt, indem man den Mut gefunden habe, ihren Forderungen restlos zu genügen. Vorher, so Bor, sei man diesen Forderungen immer ausgewichen, habe sich mit Scheinlösungen begnügt, mit potemkinschen Fassaden. Die Unwahrheit, die Lüge habe damals hoch im Kurs gestanden; jedes Bauen, auch das prächtigste, sei am Ende gar kein Bauen gewesen, sondern ein Lügen, ein Maskieren und Verhehlen der Wahrheit. Die Elfte Stadt habe die Unwahrheit von sich gestreift, sie hinter sich gelassen, und in einer fast unvorstellbaren Anstrengung sei es ihr gelungen, sich der Wahrheit zuzuwenden.

Das Signal an Bors Maschinerie ertönte wieder; schnell tasteten seine Finger nach dem Regler und brachten es zum Schweigen, während aus dem kastenförmigen Unterbau ein Zischen klang.

Ich blickte zu dem Gürteltier. Es schnürte an der Brüstung entlang, wobei die Satteltaschen an das gläserne Geländer stießen. Die Stimmen der Schieber klangen herauf.

Einen Augenblick überlegte ich, ob sie sich dem Turm näherten, eine Gefahr sein konnten. Aber das war absurd; erst vor zwei Wochen war dem Sechsten Plenum eine Denkschrift Bors zugegangen, in der er erklärte, im Bereich des Gartenrings sei eine Sonderzone geschaffen worden, durch Streifen geschützt. Ferner sei man dabei, sie mit einem Zaun zu umgeben, an dem Tag und Nacht gearbeitet werde. Der Schutz der Osttürme genieße schon deshalb Priorität, weil in ihnen nach wie vor der Planungsstab sitze. Dieses ehrwürdige Gremium, dem er, Bor, gerade junge, unverbrauchte Mitarbeiter zuführe, sei im Übrigen dabei, sich zu regenerieren, zu seiner alten Machtvollkommenheit zurückzufinden, um die Missstände (das Papier sagte tatsächlich Missstände) der Elften Stadt zu beseitigen, die Fehler, die gemacht worden seien, durch systematische Neuplanung auszumerzen. Man arbeite eng zusammen mit den Syndikaten, den Organen der Freistadtbewegung, ja sogar mit den Freischärlern, so Bor, man behandle diese Gruppen nicht als Gegner, sondern als Partner. Eine Lösung der Versorgungsprobleme sei in Sicht; die Sicherheitslage verbessere sich täglich.

Ein Schmatzen unterbrach meine Gedanken. Das Gürteltier hatte sich Bor genähert und leckte seinen Ringfinger. Bor ließ den Schwinger ein paar Zentimeter nach unten fahren und kippte ihn an, sodass die erdbeerfarbene Zunge des Tiers seinen Finger besser erreichen konnte.

Ich blickte nach dem Aeroplan. Die Spitzen seiner honiggelben Schwingen berührten die Terrasse. Mir fiel ein, dass ich dringend Treibstoff aufnehmen musste; vor allem der Gegenwind über den Gebieten der Zerstörung hatte den Verbrauch in die Höhe getrieben. In dem Brief, der meiner Reise vorangegangen war, hatte Bor mir zugesichert, die Treibstoffvorräte der Elften Stadt seien keineswegs erschöpft; entsprechende Gerüchte beruhten auf Ausstreuungen, denen ich keinen Glauben schenken sollte.

Die Zunge des Gürteltiers zog sich zurück. Bor ließ die Hand nach oben fahren und griff nach den Flaschen. Das Gürteltier drehte sich, wendete gleichsam, indem Vorder- und Hinterfüße kleine Seitenschritte vollführten. Die Satteltaschen kamen in Bors Reichweite. Bor griff nach einer Flasche, stülpte sie auf den Kopf und ließ sie in die Satteltaschen gleiten. Das Gürteltier gab ein Schnaufen von sich; zugleich bewegte es die Vorderbeine. Bor griff nach der zweiten Flasche und vollzog an ihr das gleiche Ausschütteln, doch seine Bewegungen waren nun schneller, als wolle er einer Ungeduld des Tiers zuvorkommen.

Ich lehnte mich zurück. Ich darf mich nicht ablenken lassen, dachte ich, merkte aber, dass es mir nicht gelang, das, worauf ich mich konzentrieren wollte, in den Blick zu nehmen. Ein Häher strich über die Terrasse; sein Ruf ließ das Gürteltier aufblicken. Bor folgte seinem Flug nicht, er war noch immer mit den Satteltaschen beschäftigt.

Die Stimmen der Schieber wurden lauter; ich hörte, dass sie in einer fremden Sprache redeten. Jetzt ertönte von unten ein dumpfer Schlag, als werfe jemand einen schweren Gegenstand gegen Metall.

Ich schloss die Augen und rief mir das Memorandum des Sechsten Plenums ins Gedächtnis. Die Elfte Stadt, so hieß es dort, genieße seit fast einem Jahrhundert Privilegien, die ihrer politischen Stellung und ihrer ökonomischen Leistungsfähigkeit innerhalb der Föderation nicht mehr entsprächen. Zwar sei es saus repräsentativen Gründen geboten, an gewissen Traditionen festzuhalten, aber eine solche Rücksicht dürfe die Föderation nicht dazu verleiten, Institutionen aufrechtzuerhalten, die ihren inneren Zweck längst verloren hätten. Die neue Zeit, die eine Tatsache sei, erfordere neues Denken; Wagemut müsse an die Stelle von Erhaltungsbedürfnis, Entschlossenheit an die Stelle von Zögerlichkeit treten. Oder hatte es Zweifelsucht geheißen? Es gelang mir nicht, mich an die genaue Formulierung zu erinnern. Letztlich kam es bei den Verhandlungen mit Bor, die spätestens morgen beginnen würden, auch gar nicht auf Buchstabentreue an, obwohl ich vom Vorsitzenden eindringlich gewarnt worden war, hinter den Wortlaut des Memorandums zurückzufallen. Den Geist, dachte ich, ich muss Bor den Geist des Memorandums nahebringen. Bor wird verstehen, dass alles, was das Sechste

Plenum beschließt, letztlich auch für ihn, für die Elfte Stadt, das Beste ist. Selbst die Elfte Stadt kann sich nicht über alles hinwegsetzen.

Ein Zischen erklang; vermutlich setzte die Maschinerie Bor zurück in seine alte Position. Bor hat alles gut eingefädelt, dachte ich, ohne die Augen zu öffnen, er ist schwierig und zugleich beschlagen. Nicht zuletzt sein Zugriff auf die Bunkerzucht zeigt, dass er es versteht, die Privilegien der Elften Stadt für sich zu nutzen. Wenn ich Bor überzeugen will, muss ich meine Sache ohne letzten Nachdruck vorbringen – so, als wäre ich mir ihrer selbst nicht ganz sicher. Auf diese Weise erhält Bor Gelegenheit, mir zu widersprechen und wird mir am Ende Recht geben – eine unhintergehbare Strategie. Freilich sind dies Erfahrungen vergangener Tage.

Ich öffnete die Augen. Zum ersten Mal sah ich die weitläufige Aussicht, welche die Terrasse bot, mit Bewusstsein, erinnerte mich der Namen der Gebäude, fügte Achsen und Symmetrien zusammen. Hinter dem Zentralbahnhof, der das Ende der Hauptachse markierte, sank das Gestirn, fügte den Fluchten, welche der Planungsstab in die Ebene geworfen hatte, einen Glühpunkt hinzu. Ich ergriff die Hand Bors, dessen Schwinger nun so weit zurückgeglitten war, dass Bor liegend dem apfelsinfarbenen Licht entgegenblickte. Ein Zucken lief durch die Maschinerie, als verlebendige sie sich um einen weiteren, noch absurderen Grad. Dann war alles still. Das Gürteltier quiekte. Langsam öffnete sich das Spiegeltor hinter meinem Rücken und ließ die Schieber ein.

Mütel

Vor einigen Jahren, es war schon zum Ende meines Studiums und ich befand mich in einem Zustand von Nervosität und Ungeduld, in dieser Zeit also besuchte ich Mütel in seiner Sprechstunde, um mit ihm über ein Referat zu sprechen, dessen Ausarbeitung er zur Bedingung erklärt hatte, wenn ich sein Seminar mit guter Note abschließen wollte.

Mütel lehrte Vergleichende Baugeschichte an der Universität, und er lehrte es mit Begeisterung. Sein Spezialgebiet waren die Staatsbauten des späten neunzehnten Jahrhunderts, jene weitläufigen Ämter, Strafanstalten, Justizpaläste, Spitäler und Schulen, die diese Zeit in ihrem historisch maskierenden Stil großartig und öde zugleich in die Städte gesetzt hat, um mit ihnen den behütenden Anspruch eines Staates zu behaupten, der sich in einer Zeit des Aufbaus und der Prosperität seiner eigenen Großartigkeit, wie Mütel sagte, unablässig und in einer Art Ungeduld versichern wollte.

Mütels Vorlesungen zu dem Thema waren eine breit angelegte Reise, die sich entlang eines nie abreißenden Stroms von Diabildern bewegte, die über unseren Köpfen aufleuchteten und verloschen und die von seinen Ausführungen – weitläufig abschweifende Erörterungen über Bevölkerungswachstum, Hygiene, Entwicklung des Militärs und Vermessungs- und Katasterwesen – genährt wurden. Mütel stand während seines Vortrags aufgestützt auf ein Katheder, das außer ihm kein Professor benutzte und hinter dessen Rand sich sein vogelartiger Kopf im Licht einer gelblich abgedunkelten Lampe hin- und herbewegte. Über ihm, gleichsam in einer Sphäre der Unbetretbarkeit, erglänzte und erstand jenes Zeitalter neu, wurde beschworen, ausgebreitet und hervorgeholt. Obwohl Mütel seine Ausführungen stets in die abwägende Form der wissenschaftlichen Betrachtung kleidete und nicht müde wurde, den Abstand unserer eigenen Zeit zu dieser Epoche der, wie er sagte, Überspanntheit und Selbstüberschätzung hervorzuheben, war es nur zu deutlich, dass er dem von ihm untersuchten Zeitalter nicht mit Distanz, sondern mit Respekt, ja mit Bewunderung gegenüberstand.

„Ich zeige Ihnen jetzt", sagte Mütel, und in seinen Mundwinkeln begann sich ein Lächeln zu kräuseln, „ich zeige Ihnen jetzt ein Gebäude, das Sie kennen müssen, um jene Zeit vollständig zu begreifen ... Von hier aus nimmt ein Formtyp, eine Entwicklung, eine ganze Typologie ihren Ausgang ... Das Bild!"

Mütels Assistent drückte auf einen Knopf, und mit einem schabenden Geräusch erschien hinter dem haarlosen Schädel des Professors der Grundriss eines sternförmigen Gebäudes mit acht ausgestreckten Flügeln.

„Wenn Sie zunächst nur das Bild betrachten, haben Sie hier eine ideale Form vor sich, den achtzackigen Stern, abgeleitet vom Achteck, jener Form, die im Christentum bekanntlich für die Erneuerung, den Übergang, die Regeneration steht: Der Achte Tag bringt, wie

Sie wissen, den Neuen Menschen der Gnade hervor. Sie bemerken, dass die Verbindung dieser Symbolik mit der Nutzungsform einer Strafanstalt, wie Sie sie hier vor sich sehen, einen sehr eigentümlichen Zusammenklang hervorbringt. Der Staat des neunzehnten Jahrhunderts, so unerbittlich und streng er sich auch geben mag, er will erziehen, will verändern … er will den Neuen Menschen, den zu Vernunft, Ordnung und Sittlichkeit erzogenen Bürger. Diese Erziehung nun bedient sich des Mittels der Strafe, jener Form der Einflussnahme also, die sich zuletzt immer als die wirksamste erwiesen hat … Strafe in diesem Sinne ist nicht Selbstzweck oder Rache, sondern Buße: Sie gibt dem Übeltäter Gelegenheit zur Umkehr, zur Reue. Strafe und Buße sind miteinander verwandt, denn vor beiden steht der Verstoß gegen das Gesetz: Im ersten Fall ist es die Sünde, also das Vergehen gegen göttlichen Ratschluss, gegen die Gebote des Alten Testaments, im zweiten eines gegen das bürgerliche Gesetz. Und so wie der Heiland kraft der Gnade die Sünde zu vergeben und den Menschen zu erlösen vermag, so entlässt der erziehende Staat den Verbrecher, der seiner Strafe teilhaftig geworden ist, am Ende in die Freiheit: als erzogenes und geläutertes Individuum, als, wenn man so will, Neuen Menschen der Gnade …"

Mütel hielt inne. Während der letzten Sätze war im Hörsaal eine leichte Bewegung entstanden, ein Grummeln, das anzeigte, dass Mütel sich mit seinen Ausführungen auf heikles Gebiet vorgewagt hatte. Gaben diese

Worte eigentlich seine eigene Meinung wieder? Glaubte der Baugeschichtler da vorn unter der Lampe wirklich an die Gleichsetzung von Strafe und Buße? Oder hatte er nur die Auffassung jenes autoritären Staates wiedergegeben, der längst der Vergangenheit angehörte? Wie so oft, konnte man sich hier nicht sicher sein; Mütel spekulierte, und zu seiner Form der Spekulation gehörte es, dass sie sich im freien Raum abspielte und auf ein Netz verzichtete.

Der Professor hatte die Irritation, die seine Worte ausgelöst hatte, inzwischen bemerkt, und wie es oft geschah, beeilte er sich nun, auf den Boden der baugeschichtlichen Tatsachen zurückzukehren.

„Soweit einige Hintergründe, die Sie mit entsprechender Fachliteratur leicht nachvollziehen können. Darüber hinaus gibt es, was dieses Gebäude angeht, eine Vielzahl morphologischer Einflüsse und Querverbindungen. Denken Sie nur an die Idealstädte der Renaissance, an Antonio Filaretes berühmten achteckigen Entwurf für die Idealstadt Sforzinda, die er Mitte des fünfzehnten Jahrhunderts für Francesco Sforza, den stolzen Herzog von Mailand, anfertigte; denken Sie an den ähnlichen, nur langgestreckteren Entwurf Francesco di Giorgio Martinis für jene zweckmäßige, übersichtliche Stadt am Fluss; denken Sie an die Pfalzkapelle Karls des Großen aus dem achten Jahrhundert, denken Sie an die Zentralbauprojekte der Renaissance! Und denken Sie, nicht zuletzt, an Platons Staat, an jenen utopischen Entwurf eines idealen Gemeinwesens mit seiner alles in eine Ordnung fügenden Hierarchie. Das ist die europäische Tradition, aus der dieses Gebäude sich herleitet: Der Drang, die Sehnsucht nach Ordnung, nach Vollkommenheit, abgespiegelt in einem Gebäude, welches das Anstaltswesen in Vollkommenheit verkörpert. Jedes Individuum, jeder Gefangene findet hier seinen Ort, seinen Platz, so wie die Biene ihre Wabe im Bienenstaat findet. Diese Wabe ist die Zelle, die Gefängniszelle. Achten Sie auf den Begriff! Dass ein Begriff der Biologie, der Begriff für die Grundeinheit, aus der Organismen sich zusammenfügen, hier verwandt wird, um den Ort innerhalb eines Gebäudeorganismus zu bezeichnen. Wie ideal und wie idealisierend diese Benennung ist! Wie sie über den praktischen Zweck hinausgreift in einem Gestus der Idealisierung, ja, der Realitätsverachtung! Wie architektonische Ordnung hier gleichgesetzt wird mit biologischer Gesetzmäßigkeit, wie Biologismus und Autoritarismus sich miteinander verquicken und amalgamieren, wie Moral des Individuums und Moral des Staates verschmelzen zu einer Ordnung, die über das Reale hinausgreift und es gleichzeitig erst erbildet, ja erschafft … Denn der Staat ist es, der diese Gebäude formt und baut; das Individuum, der Architekt, ist nur sein Diener! Das Gebäude, das Sie hier sehen, wurde nicht von einem Architekten entworfen, sondern von einem Baurat, einem Beamten. Der bürgerliche Staat ist die formende Kraft dieses Jahrhunderts – einer Epoche, die nicht mehr Schlösser, Residenzen und Klöster errichtet, sondern die der zivilen Existenz, der bürgerlichen Gesellschaft, Struktur und Ordnung gibt – eine Ordnung, die, indem sie ausschließt und aussondert, was nicht zu ihr gehört, Vollkommenheit gewinnt."

Mütel drehte den Kopf und hielt inne. Wieder war er von den baugeschichtlichen Tatsachen abgeschweift und hatte das Feld der Spekulation betreten, aber diesmal hatte kein Gegrummel ihn gestört. Der Professor starrte auf den Grundriss, während er langsam nickte. Dann drehte er sich nach vorn, blickte in seine Notizen und gab dem Assistenten einen Wink. Das Schaben des Projektors ertönte abermals, das Bild der Strafanstalt verschwand, und auf der Wand erschien der ebenso gewaltige Grundriss eines Waisenhauses, ein U-förmiges Gebäude mit langgestreckten Seitenflügeln, deren Enden auf Mütels Schädel deuteten.

„Was Sie hier sehen, ist eine Waisenverwahranstalt aus den siebziger Jahren des achtzehnten Jahrhunderts. Der Architekt ist ebenso unbekannt wie das genaue Erbauungsdatum, aber es handelt sich um ein Gebäude in der Tradition der großen Residenzen des siebzehnten Jahrhunderts, wie sie sich im Typus des französischen Schlosses konstituieren. Sie sehen hier alle entwickelten Bestandteile des Schlossbaus an einem Profangebäude – einem Haus, das der, wie man es nannte, Verwahrung elternloser Kinder dient: Die prächtige Dreiflügelanlage mit dem langgestreckten Corps de Logis in der Mitte, der Ehrenhof, der durch einen schmiedeeisernen Gitterzaun geschlossen wird, die raumsparenden Mansarddächer und die schwere, gleichsam drückende Rustizierung des Souterrains ..."

Auf diese Weise, gebildet, weitläufig und immer wieder weltanschaulich abschweifend, verliefen Mütels Vorlesungen. Dass wir sie eifrig besuchten, mag nicht nur mit ihrem Gegenstand zu tun gehabt haben, sondern verdankte sich gewiss auch der Vortragsweise und Persönlichkeit des Gelehrten, seinem Habitus. In dem Baugeschichtler schien sich das Urbild des Ordinarius, wie es ihn im neunzehnten Jahrhundert gegeben haben mochte, fast kostümhaft zu wiederholen. Mütel trug, wie viele Architekten, stets Schwarz, verzichtete aber darauf, dieser Farbe des Ernstes und der Würde durch moderne Schnitte zeitgenössische Eleganz zu verleihen. Er bevorzugte vielmehr Anzüge, die mit ihren spitz zulaufenden Krägen, engen Ärmeln und überlangen Schößen Fräcken glichen. Böse Zungen sprachen zuweilen vom Totengräber des Fachbereichs, und dieses Schimpfwort traf, wie es bei solchen Zuspitzungen zu sein pflegt, einen wahren Kern. Wenn Mütel, das abgewetzte, schief sitzende Barett auf dem Kopf, die Hände in schwarzen Wollhandschuhen und die Füße in hohen Stiefeln, die Gänge entlangstolzierte, mit einem Schritt, der ausgreifend und unsicher zugleich war, konnte man glauben, einem Angehörigen des Bestattungsgewerbes zu begegnen. Und befasste Mütel sich nicht mit einer Sphäre der Architektur, die dem Tode angehörte? Waren all diese Verwahranstalten, Gefängnisse, Waisenhäuser und Schlachthöfe, die er uns mit so viel Inbrunst nahezubringen versuchte, nicht Orte des verneinten, des künstlich stillgesetzten Lebens, waren es nicht Orte des Todes? So konnte man spekulieren, so spekulierte man, wenn man Mütels Vorlesungen besuchte, und Mütel selbst hätte gegen diese Verbindung vermutlich nicht einmal etwas eingewandt.

All dies ging mir durch den Kopf, als ich an jenem Tag zu Mütel unterwegs war. Der Besuch der Sprechstunden erforderte stets einige Vorbereitung: Mütel liebte keine unangemeldeten Besucher; er hängte Listen an die Tür seines Zimmers, in die Besuchswillige sich eintragen mussten, aber wenn man einen Termin beantragt hatte, musste Mütel ihn noch mit einem Haken gegenzeichnen, sonst galt die Verabredung als nicht getroffen.

Die Zimmer des Professors lagen in einem Seitentrakt der Universität; ein schmal abknickender Gang, belegt mit braunem Linoleum, führte dorthin. Links und rechts zweigten Türen ab, nicht mit Namensschildern bezeichnet, sondern mit Nummern, denn die Räume wurden als Lager benutzt – Depots, die Mütel während seiner jahrzehntelangen Forschungen aufgebaut hatte. Was sie bargen, wusste niemand, da die Studenten keinen Zugang zu ihnen erhielten. Es ging das Gerücht um, der Baugeschichtler trage dort eine gewichtige Sammlung historischer Pläne, Handschriften und Architekturmodelle zusammen – Material, das ihm dazu dienen sollte, jenes umfassende Werk zu vollenden, an dem er arbeitete und dessen Erscheinen die Fachwelt seit Jahren vergeblich erwartete.

Ich war nervös. Obwohl Mütel ein brillanter Kopf war, konnte man den Umgang mit ihm keineswegs als einfach bezeichnen. Er galt als hochmütig und verschlossen, ja versponnen. Viele waren an seiner eigensinnigen Art bereits gescheitert, und obwohl ich mit ihm bislang keine Probleme gehabt hatte, war es mir ebenso nie gelungen, mit Mütel warm zu werden.

Ich klopfte an; kurz darauf hörte ich aus dem Inneren ein geschäftsmäßiges „Herein!", und ich betrat ein düsteres Zimmer mit Wänden aus Bücherregalen. Mütel saß hinter einem Schreibtisch, auf dem sich Papier türmte. Er blickte keinesfalls auf. Ich ging auf den Stuhl zu, der für Besucher vorgesehen war, setzte mich und wartete. Nach fünf Minuten, während denen er irgendein Schriftstück studiert hatte, legte Mütel den Stift beiseite und griff nach einem Heft.

„Sie sind", begann er ohne Umschweife, „ein geschickter, aber kein ganz origineller Schreiber. Ich habe Ihre Arbeit gelesen", er zog die Mundwinkel herunter, „und sie erinnert mich in Aufbau und Stil an gewisse Schulaufsätze. Haben Sie hier nichts dazugelernt? Liegt Ihnen der Anspruch des wissenschaftlichen Arbeitens nicht? Oder interessiert das Thema Sie nicht?"

Ich schluckte. An dem Referat hatte ich über sechs Wochen gearbeitet. Ich beugte mich vor. „Doch", beeilte ich mich zu sagen, „das Thema interessiert mich sehr."

„So? Von diesem Interesse hätte ich hier", Mütel deutete auf die Blätter, „mehr lesen wollen! Ihre Thesen über die Bedeutung der Abwasserwirtschaft sind alles andere als neu. Sie sind eine müde Wiederholung dessen, was man in den Arbeiten von Leuscher und von Gnadenreich findet. Ein Aufguss, ein billiger Abklatsch." Seine Brillengläser funkelten.

„Ja, ich habe diese Bücher gelesen. Es schien mir … Es ist ja eine wissenschaftliche Arbeit. Ich dachte, ich halte mich an die Quellen. Ich wollte nicht zu viel hinzufügen."

„Ist das Ihre Auffassung von wissenschaftlicher Arbeit? Wollen Sie sich auf Quellen stützen, weil es Ihnen an Ideen mangelt?" Mütel hatte mein Referat in die Hand genommen und fuchtelte damit in der Luft herum.

„Nein, ich …"

„Quellen müssen herangezogen, wissenschaftlich herangezogen, aber vor allem müssen sie ausgewertet werden. Sie sollen ein Bild ergeben. Sie dienen einem Zweck, sind nie Selbstzweck."

„Ja."

Mütel stand auf, legte die Hände auf den Rücken und ging zum Fenster.

„Wie lautet das Thema Ihrer Arbeit?"

„Die Bedeutung der Abwasserwirtschaft für die Stadtentwicklung während der Jahrhundertwende." Ich konnte den Titel schon nicht mehr hören.

„Ein interessantes Thema. Ein gutes Thema." Mütel selbst hatte es vorgeschlagen. „Nun, in Ihren eigenen Worten: Was glauben Sie? Hat die Entwicklung der Abwasserwirtschaft, hat der Bau von Kanälen, etwas zur Stadtentwicklung beigetragen?"

„Leuscher sagt …"

„Ich habe Sie persönlich gefragt!"

Mir wurde immer unbehaglicher. Was wusste ich eigentlich über die Abwasserwirtschaft? In Mütels Raum herrschte, wie mir plötzlich bewusst wurde, ein unangenehm süßlicher Geruch.

„Die Entwicklung moderner Kanalisation, das ist natürlich eine Voraussetzung für die Entstehung großer Städte, eine Bedingung …", begann ich, während ich fieberhaft versuchte, mir den Inhalt der Bücher ins Gedächtnis zu rufen.

„Ist sie das? Tatsächlich? Was ist dann mit Städten wie dem mittelalterlichen Paris? Mit London vor der Industrialisierung? Waren das Gemeinwesen, die schon über funktionierende Abwassersysteme verfügten?"

„Nein … Insoweit …"

„Insoweit ist Ihre These Unsinn. Eine abgeschmackte, lächerliche These, die einem mechanistischen Denken folgt, einem banalen Primat des Zweckhaften über das Vitale … einem dümmlichen Funktionalismus!" Mütel machte eine wegwerfende Handbewegung.

„Leuscher schreibt etwas Ähnliches", wagte ich einzuwenden.

„Leuscher ist ein Mann des Tiefbauwesens, unbegabt zu allen philosophischen Perspektiven. Wir haben uns mit so etwas nur zu befassen, insofern es dazu dient, Fakten zu vermitteln, Quellen zu erschließen. Sonst ist es bedeutungslos." Mütel hatte die letzten Worte geflüstert.

Ich war verwirrt. Mütel hatte die Bücher von Leuscher in der Literaturliste empfohlen. Wollte er nicht, dass man seine Thesen vertrat? Und welche sollte man dann vertreten? Er kam zurück zum Schreibtisch, den Kopf schüttelnd. Die spitzen Kanten seines Kragens flatterten.

„Sehen Sie", sagte er, während er sich setzte, „das alles ist interessant, aber es reicht nicht an den Kern. Keineswegs. Das ist ein Verständnis von Stadt, das keinerlei Erkenntnisgewinn ermöglicht, insofern es Stadt nur als etwas Totes, Mechanisches begreift. Gut, einen Anteil des Mechanischen im städtischen Organismus mag es geben, so wie es im menschlichen Organismus eine Mechanik gibt: Das Blut, das von der Pumpe des Herzens durch die Gefäße gepresst wird, die Scharniere der Knochen, welche die Beweglichkeit der Glieder ermöglichen. Aber dies alles sind nur Äußerungen des Organismus, Manifestationen."

„Sind es nicht auch Bedingungen für sein Bestehen?", wagte ich einzuwenden.

„Nur in einer mechanistischen Betrachtungsweise. Bedingungen!" Mütel spuckte aus.

„Diese Bedingungen sind nichts als ein Abstraktum, eine blutleere Formel, ersonnen von phantasielosen Gehirnen. Wir befassen uns mit so etwas nicht. Durchaus nicht."

Mir wurde immer unbehaglicher. Würde Mütel mein Referat ablehnen? In vier Wochen begannen die Prüfungen, und für eine erneute Beschäftigung mit der Abwasserwirtschaft hatte ich keineswegs Zeit.

„Welche Thesen vertreten Sie selbst denn, was die Bedeutung der Abwasserwirtschaft angeht?", wagte ich zu fragen.

Mütel blickte auf; in seinen Augen lag Angriffslust. Er stand auf und begann, mit auf dem Rücken zusammengelegten Händen umherzugehen; das Geräusch seiner Schritte auf dem Teppich klang wie ein unterdrücktes Pochen.

„Zeitalter kommen und gehen, und jedes hat seine Atmosphäre, seinen Geruch, seinen Geschmack, seine Farbe", begann er, und ich bereitete mich auf einen längeren Vortrag vor. „Das neunzehnte Jahrhundert, da haben Sie eine schnelle, allzu schnelle Entwicklung: Eine Faust, die sich ballt, ein Arm, der zuschlägt, eine Kraft, die sich bäumt, aber auch ein schlaffes Zurückgleiten, ein Nicht-mehr-können, eine Fügsamkeit, willfährig fast, gehorchend dem Geschmack jener Jahre: Traditionalismus, Historismus, Maskenspiel, Fassadenkunst, Große Oper. Tony Garniers Oper! Betrachten Sie das Doppelgesicht jener Epoche: Sie sehen da Ausschweifung und Zucht, Ruhelosigkeit und Disziplin, Aufbruch und Beharrung, logisches Denken und chimärenhaften Traum nebeneinander. Paris, die Hauptstadt des neunzehnten Jahrhunderts … über ihre Oberflächen ist Glanz gebreitet, ein perlmuttfarben schimmerndes Ocker unter dem Bleigrau der Zinkdächer, welche die bürgerliche Welt beschirmen. Große Welt! Pracht und Bourgeoisie! Atlas und Plüsch! Stuckmarmor und künstliches Holz! Nachahmung des Adels! Dabei innerlich zugleich ein kaufmännisch niederes Streben und Wirken, eine Raffgier, in jeder Falte dieses Zeitalters auffindbar. Und dazu die moralische Kehrseite: Bigotterie, Verfall des Glaubens, Säkularisierung. Die inneren, die spirituellen Traditionen verfallen, und was tritt an ihre Stelle? Was?"

Es war nicht ganz klar, ob Mütel darauf eine Antwort erwartete.

„An ihre Stelle treten Disziplin, Gehorsam, die Verwaltung, die Ämter, die Fürsorge! Der Staat! Dieser Staat des neunzehnten Jahrhunderts, das ist nichts als ein Korsett, das diese Gesellschaft sich überstülpt, um ihrer inneren Formlosigkeit etwas entgegenzusetzen. Die Schulbänke, in denen die Kinder mit dem Rohrstock malträtiert werden, die monotonen Reihen der Mietskasernen mit den ungelüfteten Wohnungen, die Spaliere der Krankenbetten in den Spitälern, erfüllt vom Stöhnen der Sterbenden, die stummen Reihen der Gräber auf den Friedhöfen, den Nekropolen, totes Abbild des Lebendigen – was ist das alles? Ordnung, Ordnung, Macht der Ordnung." Mütel war bei seinem Lieblingsthema angekommen.

„Und hier, in diesem Bild, unter dieser Perspektive, müssen Sie auch das Problem der Abwasserwirtschaft betrachten – nur unter diesem Gesichtspunkt. Denn ich frage Sie: Was ist Abwasser? Schmutz ist es, werden Sie sagen, aber es ist menschlicher Schmutz! Essensreste, Spülwasser, Urin, Fäkalien – das ist nicht einfach

Müll, sondern Abfall. Der Abfall, das ist jener Teil des Menschlichen, den der Mensch von sich forthaben will, den er nicht als sich zugehörig betrachtet, den er verdrängt. Der Abfall soll von ihm abfallen, er fällt von ihm ab, er ist jenes Dunkle, welches das Helle von sich sondert, um seine Reinheit zu erhalten ... Schmutz und Sauberkeit, das sind nur zwei Pole ... zwei Pole ..." Mütel stand vor mir; er hatte die Brille abgenommen. Er drehte sich, ließ sich auf seinen Stuhl fallen und sprach in einem anderen Ton weiter.

„Gewiss haben Sie sich, wie es das Studium der Architektur erfordert, mit der Natur des Menschen beschäftigt, mit der Psychologie ..." Mütels Ton zeigte, dass er keine Antwort darauf erwartete. „Und gewiss sind Ihnen die Theorien Sigmund Freuds zum Funktionskomplex der Psyche geläufig. Haben Sie bemerkt, wie die Metaphern dieses großen Menschenkenners immer wieder Analogien des Mechanischen heranziehen? Wie sie damit dem mechanistischen Denken seines Zeitalters, des Industriezeitalters, verhaftet sind? Freud begreift die menschliche Seele als Maschinerie, eine komplizierte zwar, aber eine Maschinerie, deren Kräfte und Richtungen, kennte man nur ihre Struktur, sich vorhersagen ließen."

Ich nickte, um zu zeigen, dass ich mit Freud vertraut war; das entsprach zwar nicht der Wahrheit, aber spielte es eine Rolle?

„Kultur, menschliche Kultur – das ist Verdrängung", fuhr Mütel fort, „und Verdrängung, was ist das anderes als Absonderung dessen, was abgesondert werden will? Was abgesondert werden muss? Aber in der Art und Weise der Absonderung, in ihrer Form, zeigen sich der Stand und die Höhe einer Kultur. Den Abfall kann der Mensch nicht hintergehen, er ist eine Bedingung seiner Existenz. Aber die Art und Weise, wie er ihn aussondert, unter welchen Voraussetzungen und mit welchen Formen – darin manifestiert sich Zivilisation. Die physischen Strukturen der Abfallentsorgung, das sind die Indikatoren der sittlichen Höhe einer Zeit. Das unterirdische Netz der Abwasserkanäle, welches das neunzehnte Jahrhundert aufzubauen beginnt, unermüdlich aufzubauen beginnt tief unter dem Pflaster der Straßen, das ist nicht nur eine ingenieurmäßige Leistung. Es ist eine Leistung der Sittlichkeit. Und wenn Sie …"

Mütel wurde unterbrochen; es klopfte. Der Professor drehte sich um und rief mit ärgerlicher Stimme: „Herein!"

Ein Mädchen mit kastanienbraunem Haar stand auf der Schwelle. Ich hatte sie in Mütels Vorlesungen gesehen.

„Was wollen Sie?"

„Herr Professor", antwortete sie und hob mit der Linken einen Ordner, „ich glaube, ich hatte bei Ihnen einen Termin … Mein Referat", fügte sie hinzu.

„Geduldigen Sie sich noch fünf Minuten … Wir bringen das hier erst zu Ende."

Das Mädchen verschwand wieder und schloss die Tür.

„Nun", fuhr Mütel fort, „das wären meine Anregungen, was Ihr Thema betrifft. So weit."

Ich blickte zu Boden. Mütel sagte nichts mehr und trommelte mit den Fingern auf die Tischplatte.

„Gut", antwortete ich, „ich werde mein Referat überarbeiten."

„Tun Sie das, tun Sie das! Legen Sie mir Ihre überarbeitete Version vor! Und kommen Sie in … sagen wir, in zwei Wochen, nein, in drei, in meine Sprechstunde! Dann bringen wir das zu einem Abschluss … Und übrigens", Mütels Gesicht nahm einen verschwörerischen Ausdruck an, „möglicherweise kann ich Ihnen dann etwas zeigen … etwas Interessantes. Ihre Studien gehen zu Ende. Sie sollten, bevor Sie die Tore der Alma Mater hinter sich lassen, Einblick erhalten … Gewiss! Einblick! Das sollten Sie tun!"

Ich wusste nichts zu antworten als „Danke", verabschiedete mich und ging. Während das Mädchen mit dem kastanienbraunen Haar an mir vorbei das Zimmer betrat, blickte ich mich um. Mütel saß wieder am Tisch und blickte auf ein Schriftstück, das er schnell zu sich herangezogen hatte. Ich zweifelte nicht, dass er erst fünf Minuten darin lesen würde, um dann zu seiner Besucherin aufzublicken.

Zwei Wochen vergingen, und ich bemühte mich, Dokumente heranzuschaffen, die Mütels Thesen stützten. Zwar waren die Überlegungen, die er ausgebreitet hatte, ungewöhnlich gewesen und spekulativ, doch es erwies sich, dass sie sich durch geschickte Kombination entlegener Quellen untermauern ließen. Ich studierte vergilbte Zeitungsartikel, die in der feierlichen Sprache der Gründerjahre den schnell fortschreitenden Ausbau des Entwässerungssystems feierten, ich las medizinische Aufsätze über Volkshygiene, die in einem ärztlich beschwichtigenden Ton vor den Gefahren unsichtbarer Krankheitserreger warnten, geheimnisvolle Erreger, die jene Zeit gerade erst zu entdecken begonnen hatte; ich vertiefte mich in Abhandlungen über Klärwerke, Rieselfelder und Brunnenhäuser, ich studierte Pläne und Landkarten zur Stadtentwicklung, und schließlich las ich die Schriften Freuds vom Ende des neunzehnten Jahrhunderts, jene frühen Aufsätze mit Titeln wie *Ein Fall von hypnotischer Heilung nebst Bemerkungen über die Entstehung hysterischer Symptome durch den 'Gegenwillen'* oder *Über die Berechtigung, von der Neurasthenie einen bestimmten Symptomenkomplex als 'Angstneurose' abzutrennen*. Zwar zeigte sich schnell, dass diese Schriften keinen direkten Bezug zu Mütels Thesen aufwiesen, aber sie führten mich, der ich mit Freud alles andere als vertraut war, in Ton und Denkungsweise des Denkers ein. Nachdem ich einige systematische Exzerpte zusammengestellt hatte, begann ich damit, die Werkausgabe bis zu den Abhandlungen aus dem Jahr 1920 zu durchforschen. Ich las die *Psychoanalytischen Bemerkungen über einen autobiographisch beschriebenen Fall von Paranoia (Dementia paranoides)*, die *Mythologische Parallele zu einer plastischen Zwangsvorstellung* und die

Metapsychologische Ergänzung zur Traumlehre, bis ich endlich im Titel von zwei Arbeiten auf jene Begriffe stieß, die Mütel an jenem Nachmittag verwendet hatte: „Die Verdrängung" und „Das Unbewußte". Zwar begriff ich bald, dass er sie deutlich anders benutzte als Mütel, aber ich war auf einer Spur. Ich suchte weiter, und schließlich fand ich jenen freudschen Text, der sich mit Mütels Thema befasste, das heute selten gelesene Geleitwort zu John Gregory Bourkes *Der Unrat in Sitte, Brauch, Glauben und Gewohnheitsrecht der Völker*.

Wie ein Blitz durchzuckte es mich: Der Unrat! Hatte Mütel dieses Buch gekannt? Wollte er es mich finden lassen? Oder waren seine Thesen intuitiv gewesen?

Ich beeilte mich, das gefundene Material in mein Referat einzufügen, nummerierte die Seiten, verfasste ein Inhaltsverzeichnis, ließ die Blätter, deren Umfang inzwischen auf neunzig Seiten angeschwollen war, heften und legte die Arbeit in Mütels Fach. Dann meldete ich mich zur Sprechstunde an.

Als ich in der Woche darauf den Weg zu dem abgelegenen Gebäudeflügel einschlug, war es schon weit nach neun. Der linoleumbelegte Gang war dunkel, und an die Fenster trommelte ein nächtlicher Regen. Aus irgendeinem Grund funktionierte das Licht nicht. Ich tastete mich um die Ecken und fand schließlich Mütels Tür. Durch das Schlüsselloch drang Licht, und im Inneren hörte ich Mütel telefonieren. Ich klopfte an und trat ein.

Anders als sonst saß Mütel nicht hinter seinem Schreibtisch, sondern ging, den Hörer in der Hand, im Raum umher. Kurz zu mir blickend, wies er mich an, mich zu setzen.

Irgendetwas war anders als sonst. Die späte Stunde und die Dunkelheit ließen den Raum fremdartig wirken. Auch Mütel wirkte auf eine Weise, die ich mir zunächst nicht erklären konnte, verändert. Dann begriff ich, dass er in Hemdsärmeln umherging – ein Aufzug, den ich noch nicht an ihm gesehen hatte. Er schien mit einem befreundeten Wissenschaftler zu sprechen; der Ton der Unterhaltung war ungezwungen. Offenbar ging es um ein historisches Dokument, das Mütel zu bekommen hoffte. Ich fühlte mich beklommen, aber diesmal war es nicht die Erwartung, wie er meinen Aufsatz bewerten würde, sondern etwas anderes. War es nicht Zeitverschwendung, so spät abends noch hier zu sitzen und auf eine von Mütels Absonderlichkeiten zu warten? Sollte ich nicht jede Minute nutzen, um mich in den Prüfungsstoff einzuarbeiten? Aber ich hatte keine Wahl: Mütel musste mir das Referat abnehmen, sonst war mir der Weg zu den Prüfungen versperrt.

Endlich legte Mütel auf.

„Schön, dass Sie gekommen sind", begann er in einem warmen Ton, „ich habe Sie erwartet. Sie wollen also einen Einblick tun."

„Ja", antwortete ich, „ich bin daran sehr interessiert. Aber natürlich bin ich auch wegen dem Referat hier. Haben Sie es bekommen?"

Mütel blickte irritiert. „Gewiss. Wir werden uns damit befassen, selbstverständlich. Sie haben sich bemüht, neue Gesichtspunkte in ihr Denken zu bringen, die ihm gefehlt haben. Das ist eine eigenständige Leistung … Ja, eine eigenständige Leistung."

Ich dachte, dass die von mir hineingebrachten Gesichtspunkte in Wahrheit von Mütel stammten und dies nicht gerade von großer Eigenständigkeit zeugte, sagte aber nichts.

„Sie sind mit Freud nur oberflächlich vertraut", fuhr Mütel fort, „Sie nutzen seine Begriffe, aber ihre tiefere Bedeutung vermögen sie nicht zu durchdringen. Gleichviel, mich dünkt, dass Ihre Studien nun auf richtigem Wege sind, dass Sie nun auf gutem Pfade munter voranschreiten. Das späte neunzehnte Jahrhundert ist, was sein psychologisches Denken angeht, eigentümlich und voller Charakter. Einblicke gestattet es uns in die Disposition des Individuums, die wir anderswo nicht leicht würden gewinnen können, nein, gewiss nicht leicht …" Mütel hielt inne.

Ich dachte, dass er heute noch gewundener sprach als sonst. Das mit dem richtigen Weg klang verdächtig, als wollte er mich mit einer längeren Arbeit an sich binden. Konnte er wirklich glauben, ich hätte vor, mich weiter mit der Abwasserwirtschaft zu beschäftigen? Noch immer flößte das Wort mir Langeweile ein.

„Sie zweifeln", fragte Mütel und blickte mich scharf an, „Sie sind sich unsicher über die Bedeutung des neunzehnten Jahrhunderts? Über die Abwasserwirtschaft?"

„Nein, ich …"

„Sie werden Einblick gewinnen", sagte Mütel und griff nach seiner Jacke, „Sie werden Einblick gewinnen! Kommen Sie!"

Er öffnete eine Tür in einen Nebenraum und forderte mich mit Handbewegungen auf, ihm zu folgen. Wir betraten ein schmales Zimmer, in dem Planschränke standen. Ich erwartete, dass Mütel mir Zeichnungen zeigen würde, aber er wandte sich einer niedrigen Tür zu, die aussah wie die zu einer Speisekammer. Mütel öffnete sie und ging gebückt hindurch. Zu meiner Überraschung befand sich hinter ihr eine schmale Treppe, die zwischen unverputzten Wänden niederstieg. Mütel ging sie wie einen Weg, den man gewohnheitsmäßig zurücklegt.

„Kommen Sie", rief er, „kommen Sie nur! Sie werden Einblick gewinnen!"

Und plötzlich lief ich hinter Mütel her und die Tür fiel hinter mir ins Schloss.

Der Gang wand sich, die Stufen waren steil und glatt. An der Wand lief ein Geländer aus Eisen. Wir kamen zu einem Treppenabsatz, auf dem ein wackliger Stuhl stand. Mütel hielt inne.

„Diese Gänge, von denen Sie nichts wissen, existieren schon lange; einst gehörten sie zu den Gebäuden, die auf dem Grundstück standen, das heute von den Gebäuden der Lehranstalt bedeckt wird … Sind Sie beschlagen, was die Geschichte dieses Ortes angeht?" Mütels Stimme klang dumpf.

„Ich weiß nur, dass hier früher militärischen Anlagen

gewesen sein sollen … Kasematten oder so was", antwortete ich.

„Gewiss! Militärisch! Kommen Sie!"

Mütel ging weiter und ich folgte ihm. Was tat er eigentlich hier unten? Wusste die Universitätsleitung von diesen Räumen? Mich fröstelte; die Luft war kalt, und plötzlich musste ich daran denken, dass niemand von meiner Verabredung wusste.

Wir gelangten zu einer Tür aus Stahl. Mütel zog einen Schlüssel hervor, und wir betraten eine unterirdische Halle mit Gewölben, die einer Kirche ähnelte. Mütel drückte auf einen Schalter, und Lampen tauchten den Raum in gleißendes Licht.

Ich blickte in einen Gang aus hölzernen Vitrinen, der vielleicht dreißig Meter lang sein mochte. Links und rechts zweigten Nebengänge ab, gleichfalls aus gläsernen Schränken gebildet. Die Fächer waren gefüllt mit technischen Artefakten und Modellen. Ich sah Dampfmaschinen mit Schwungrädern, Schmiedehämmer und Pumpen, Absperrventile, Rohrkrümmlinge und Schieber; daneben Querschnittsmodelle von Pumpen, Zisternen und Klärwerken.

Mütel folgte meinen Augen.

„Was Sie hier vor sich sehen, ist meine Sammlung."

„Außergewöhnlich", beeilte ich mich zu sagen, „es ist wie ein Museum. Die Zusammenstellung dieser Exponate hat Ihnen gewiss viel Mühe bereitet." Ich merkte, dass ich in einen ähnlichen Ton gefallen war wie der Professor.

Mütel blickte nicht auf. „Die Sammlung ist außergewöhnlich vor allem in dem Sinne, dass sie die technischen Glieder zusammenführt, welche das neunzehnte Jahrhundert zu verbergen trachtete: die Arme der Technik, die Füße des Fortschritts und den Atem des Dampfs. All dies suchte jene Zeit hinter Fassaden zu verbergen, geborgten Gewändern: Neogotik, Neorenaissance, Neoklassizismus. Sie sehen hier den Vorgang der Verdrängung, von dem Freud spricht, auf der Ebene des Architektonischen."

„Ja, ich erinnere mich, dass Sie diesen Punkt in Ihren Vorlesungen angesprochen haben …"

„In meinen Vorlesungen kann ich nicht alles sagen, alles aussprechen … Ich muss vorsichtig sein, sehr vorsichtig. Ich habe auf meine Worte zu achten." Mütel blickte auf eine Vitrine, ohne mich anzusehen.

„Ich achte auf meine Worte, ich achte auf sie … Fürwahr, es ist noch nicht die Zeit, alles zu enthüllen. Wir leben in einer Zeit, deren Füße niedrig sind und deren Verstand eng ist. Deshalb bewahre ich, was erhalten werden muss, an diesem Ort. Werte birgt er, die den Begriffen unserer Zeit nicht mehr zugänglich sind. Doch andere Zeiten mögen kommen, die sie wieder zu schätzen und zu nutzen wissen. Ja, andere Zeiten …" Mütel flüsterte jetzt, und seine Stimme hallte durch den Raum. „Diese Halle der Nacht tief unter den Mauern des Tags habe ich mit Fleiß und Umsicht gefüllt mit dem, was das Große Zeitalter zu verbergen trachtete, mit den sinnreichen Maschinerien, die es ersann, um seinen Abfall zu sondern und seinen Glanz zu nähren: die Arme der Technik, die Füße des Fortschritts und den Atem des Dampfs. Stille ist hier, Stille und Frieden. Und ich bin gern an diesem Ort."

Mütel wanderte in den Gang hinein und umfasste die Sammelstücke in den Vitrinen mit Handbewegungen wie ein Hirte die Geschöpfe seiner Herde.

„Zeitalter kommen und gehen, und jedes hat seine Atmosphäre, seinen Geruch, seinen Geschmack. Dieses hier riecht nach Öl und Schweiß, es schmeckt nach Brot und Bier, und es riecht nach Staub und Kohle. Seine Farbe ist der Glanz des Messings, und sein Klang ist das Prasseln des Goldes in den Kassen der Industriebarone, die seine Herren waren. Unbarmherzig war es, dieses Zeitalter, niederträchtig und grausam, aber auch weich und genusssüchtig. Die duftenden Seifen und Öle aus Paris, die schweren Stoffe aus der Rue de Sèvres, der betörende Glanz der Theater und der Wohlklang der Oper: All dies sollte die Dunkelheit, die in den Kellern und Fabriken über den Armen lastete, vergessen machen. Aber noch Bedeutsameres geschah, noch Wichtigeres! Kommen Sie! Sie sollen alles sehen, alles!"

Mütel zog mich weiter.

Wir kamen zum Ende des Gangs, und ein quadratischer Raum öffnete sich. Mütel drückte auf einen verborgenen Schalter, wieder flammten Lampen auf, und ich sah mich vor einem seltsamen Gebilde stehen.

Es glich einem gewaltigen Spinnennetz, das in der Luft schwebte. Hunderte, ja tausende winziger Stäbe fügten sich ineinander wie ein Astwerk, eine Baumkrone. Sie bildeten labyrinthische Verzweigungen, Absonderungen und Nebenorte. Als ich nähertrat, sah ich, dass die Äste dünne Rohre aus Metall waren, die mit winzigen Flanschen ineinandersteckten. Plötzlich begriff ich, dass ich nichts anderes vor mir hatte als das Modell einer Kanalisation. Gebäude oder Wege gab es nicht, nur das Netz aus Gängen, Kanälen und Röhren. Da sah man die gemauerten Hauptkanäle aus Ziegelstein mit ihrem ovalen Querschnitt und den senkrecht aufsteigenden Schächten, rund und schwer wie Schornsteine, da waren die Unterleitungen, die von den Straßen zu unsichtbaren Häusern hinüberführten, behände und behäbig, da sah man Steigrohre emporstreben und sich graziös verzweigen wie Blütenstängel, da sah man Wasserleitungen sich gliedern in immer feinere, immer dünnere Röhren, und da gab es Pumpwerke und Zwischenstationen und Filterhäuser, und ganz am Ende, viele Meter entfernt, hingen mächtige Rieselfelder und Klärbecken, den Abschluss des gewaltigen Kreislaufes bildend. Alles zusammen ergab, so begriff ich jetzt, einen Organismus, ein Wesen, ein Aderwerk, ein Netz, so fein gesponnen, dass jeder sich darin fangen musste und keiner ihm entging.

„Ich sehe, dass Sie begreifen", sagte Mütel, „nun haben Sie Einblick. Dieses Modell ist mein Werk, aber ich bin ich nur sein Verwalter. Nichts von dem, was Sie hier sehen, ist erfunden – alles ist Wirklichkeit. Es ist die Kanalisation der Stadt, so wie sie in den Katastern verzeichnet ist. An diese Arbeit habe ich zwölf Jahre gewandt, und sie hat mir mannigfaltige Einblicke eröffnet. Aber noch ist sie nicht abgeschlossen."

„Was für Einblicke?", fragte ich.

„Wir sprachen schon davon, dass diese Dinge keineswegs sind, was sie scheinen. Nicht Kanäle sind es, Rohre oder Leitungen, sondern Manifestationen eines Organismus, der in ihnen lebt und webt. Adern sind es und Arterien! Ein Kreislauf, durch dessen Gefäße ein ewiger Strom rollt, eine nie abbrechende Bewegung. Nein, es gibt keine Trennung, keine Grenzen. Nicht zwischen innen und außen, nicht zwischen den Individuen und ihren Hervorbringungen, alles ist eins: der Mensch und seine Wohnstatt, die Geschöpfe und ihre Schöpfungen, das Belebte und das Unbelebte, der Einzelne und die Gemeinschaft. Und alles mündet am Ende in den Staat und in seine ewige Ordnung. Ordnung stand am Anfang, und Ordnung wird am Ende stehen, das Helle und das Dunkle umfängt sie, und das Harte und das Weiche birgt sie, und birgt zuletzt auch den Staat in ihren Armen. Jene einzige Ordnung."

Ich blickte über das Netz und wusste nichts zu sagen. Mütel stand da mit vorgestreckten Armen, die Außenseiten der Hände aneinandergelegt, als wolle er schwimmen. Auf seinen Lippen lag ein Lächeln, als lausche er Musik. Wasser tropfte im Gewölbe.

Ich räusperte mich.

„Ich habe Einblick gewonnen. Dies hier hat mein Herz gewandelt. Ich vermag noch nicht zu sagen, wer ich sein werde, wenn ich von hier fortgehe, aber ich werde schweigen."

Mütel ließ die Hände sinken, öffnete die Augen und strahlte mich an.

„Ich wusste, dass ich Ihnen vertrauen kann. Sie verstehen meine Absichten; Sie haben sie immer verstanden. Aber ich habe noch andere Pläne ... wichtigere Pläne. Dies hier, mein Lebenswerk, steht kurz vor der Fertigstellung. Aber ich muss noch seine Manifestation in der Form der Schrift vollenden: mein großes Werk, von dem Sie gewiss gehört haben. Wollen Sie mir dabei helfen?"

„Gern, sehr gern", beeilte ich mich zu sagen und blickte zu Boden, „aber nicht hier sollten wir das besprechen. Der Abend ist schon spät. Und es ist kühl."

„Sie haben recht", sagte Mütel, „wir gehen hinauf. Es wird kalt."

Er schaltete das Licht aus, wir stiegen die Treppe hinauf, und kurz darauf standen wir wieder in dem gut geheizten Arbeitszimmer, als wären wir nie fortgewesen. Mütel setzte sich an den Tisch und zog mein Referat heran.

„Haben Sie Ihre Papiere? Wir sollten das schnell fertig machen. Es gibt so viel Wichtigeres zu tun."

Ich gab ihm das Heft. Mütel unterschrieb die Bestätigung, und ich steckte es ein und bedankte mich. Mütel strahlte.

„Es freut mich, dass wir zusammenarbeiten werden", sagte er, „ich sehe, Sie sind verständig. Wir müssen dann für Sie natürlich eine kleine Stelle ausschreiben, im nächsten Semester, aber das sind Formalitäten."

„Gut, ich melde mich bei Ihnen gleich nach den Prüfungen", antwortete ich und setzte eine verbindliche Miene auf.

„Ach ja, Ihre Prüfungen … Das muss erledigt werden, gewiss … Prüfungen … Ja, das Leben hält viele Prüfungen für uns bereit."

„Zweifellos", sagte ich und gab ihm die Hand.

Ich verließ Mütels Büro, lernte und bestand eine Woche später mit guten Noten. Danach verließ ich die Universität. Ich habe Mütel nie wiedergesehen. Sein Buch ist bis heute nicht erschienen.

Im Sparwald

Der Vornovember ist die nebligste Zeit; selbst die Vögel merken dann nicht auf und werden überfahren zu Dutzenden, und die alten Frauen schlafen ein auf den Parkbänken für immer. In dieser Zeit war es, dass ich G. kennenlernte. Er sprach weniger als die anderen, trug ein Bündel auf dem Rücken und setzte die Füße nach außen, wenn es eine Treppe emporging – was sind wir nicht Treppen gestiegen damals, durch wattigen Schnee hindurch und unter orgelpfeifengroßen Eiszapfen entlang, dass es krachte! G. war immer eifrig bei der Sache, behielt stets den Himmel im Blick, kaute an seiner Krume. Ich weiß nicht, wie alt G. war, nur, dass sich in seinem honigfarbenen Scheitel schon graue Fäden zeigten und seine Augen nicht mehr ganz klar waren. Aber das kam vielleicht vom vielen Trinken, in das G., genau wie wir alle, vernarrt war. Es ging uns nicht einmal darum, wach zu werden; wir wollten unsere Schritte nur ein wenig schneller, ein wenig geschickter machen, wenn es über zugefrorene Teiche und Pfützen ging. G. trank und glitt auf dem Eis, er trank und stapfte die Treppen hinauf, und er trank und sank in seine Schlafecke am Dom. Nur er durfte dort schlafen, niemand sonst, und seine Größe verbat alle Annäherungen. Ich war viel mit ihm, ohne eigentlich zu wissen, warum; sympathisch war G. mir nicht, und auch an seinen Tricks, wie man die Tonpfeife bläst oder sich Nahrung bei den Festsitzenden verschafft, war mir nicht gelegen. Der scharfe Winter quälte mich, was sollte mir da G., der Klotz, der Fels, der Berg. Schnell galten wir in den Augen der anderen dennoch als Kumpane, als Spießgesellen. Wir tranken den gleichen Fusel, hüllten uns in die gleiche Jacke und liebten die gleiche Frau – Ira, von der noch die Rede sein wird, wenn meine Notizen überhaupt über diesen Anfang hinwegkommen, die mich viel Mühe kosten, denn ich bin Schreiben nicht mehr gewohnt. Meine Finger sind kalt und das Papier, das ich mir für diesen Zweck beschafft habe, ist widerspenstig – vielleicht sind es aber auch nur meine Gedanken, die sich nicht zwingen lassen wollen, die ihren Trödelweg gehen wie alle Tage.

Merk auf, Eck, sagte meine Mutter immer, und gleich glitten meine Gedanken dann fort, einem Zaunkönig hinterher oder an einem Speicheltropfen entlang, den ich für diesen Zweck auf den Tisch gesetzt hatte. Wenn sie dann zuschlug, mein Ohr gellte vor Schmerz und mein Arm zurückprügeln wollte einen Augenblick lang, wusste ich wieder einmal, dass diese Welt nicht der rechte Ort war für mich. Ja, ein Geprügelter war ich von Anfang an, ein Zuschauer und Eckensteher, einer, dem nichts gelingen wollte und der nie das Wort zu führen verstand, sondern der sich immer mit Zusehen begnügen musste, Abwarten, Auskommen, Flüchten – flüchten vor dem Winter, vor der Kälte, vor dem gefrorenen Wasser, vor Ira, selbst vor G., der mich als einziger nie fortschickte, der mich bei sich duldete, wenn die

Sonne sank über dem Scherenschnitt der Dächer und wir uns einrichteten für die Nacht.

Anfangs hatte G. die Entfernung zwischen uns noch abständig gehalten, bleib mal da, hatte er geknurrt, wenn ich mich ihm mehr als zehn Meter zu nähern versuchte, und dann hatte ich mir ein Lager gemacht einen Pfeiler weiter. Später dann hatte er Annäherungen zugelassen, erst einen Meter, dann noch einen, immer unter Geknurr, und schließlich hatte ich mein Lager direkt neben seinem aufschlagen dürfen, am siebten Pfeiler, da, wo der Wind durch das Nachbarhaus abgehalten wird und das Pflaster nicht ausgedünnt ist und spitz, sondern glatt und weich, falls Stein überhaupt weich sein kann, aber es gibt alte Decken und zerrissenes Daunenzeug und einen guten Vorsatz. G. war in dieser Beziehung, ich meine, was die Moral angeht, streng. Das Wichtigste, trug er an mich heran, während sich seine rechte Braue zusammenzog zu einem Kringel, das Wichtigste ist, das hier alles, unsere Nächte und Tage, nicht als Spaziergang anzusehen, nicht als Lotterei und Pennbruderschaft. Denn wer sich selbst als Pennbruder ansieht, der ist schon verloren, über den wird hinweggetrampelt wie nichts, der kann froh sein, wenn er überhaupt einen Winter überlebt in der Stadt. Ein Trapper musst du sein, oder besser noch, ein Bergsteiger, ein Alpinist. Der kommt mit wenig oder nichts aus, der schläft im Schneesturm und bei Frost, dessen Heimat sind nicht die Stuben der Ebene, sondern die Gipfel der Berge, der will nicht absteigen zu Boden, sondern hinauf in den

Himmel, immer weiter hinauf. Und G. blickte in den nebelverhangenen Himmel und schlang den mottigen Pelz um sich, und wirklich sah er einen Augenblick lang aus wie ein Bezwinger, der im halsbrecherischen Lager biwakiert und der das Unten, das Flachland, längst vergessen hat über seinen Plänen.

Nein, noch ahnte ich nicht, wie hoch die Gipfel waren, von denen G. träumte, das Maß, das er an sich und die Welt legte; später erst sollte ich begreifen, dass G., obwohl er am Dom schlief und obwohl er nichts besaß und obwohl er seit Jahr und Tag keine Frau mehr gehabt hatte, ein Fordernder war, ein Mahner; jemand, der nur seinem eigenen Kompass folgt und der ihn über die Jahre hinweg immer strenger, immer unerbittlicher gemacht hat, sodass ihm am Ende nichts mehr genügt.

G. verstand zu schätzen und zu würdigen, was außer ihm niemand bemerkte. Er liebte Dinge, die andere nicht sahen, und er sorgte sich um Anordnungen, deren Bedeutung keiner begriff. Er konnte über Schwemmränder von Pfützen sprechen, über Bruchkanten von Vogeleiern, über Schrunden an Streichholzköpfen und über Knicke auf Busfahrscheinen. Dies alles hatte er, das verstand man in dem Moment, da er sprach, angesehen und genauer angesehen als jeder andere. Ich musste immer denken, dass man das, worüber G. sich verbreitete, aufschreiben müsste, niederlegen, damit es nicht verloren ging, und vielleicht sind diese Notizen dazu ein misslungener Anfang. G. sprach über das, was er sah und fand, nicht im Ton von Begeisterung, von

Euphorie. Schwärmerei war ihm fremd, aber er wusste zu würdigen, was andere nicht gewürdigt hatten, und so war er ein Vermögender. Tatsächlich blickte G. auf die Menschen um sich herum nicht ohne Selbstgefälligkeit, fast in einer Art Mitleid – nicht nur auf die Festsitzenden, die ohnehin nicht in Betracht kamen, sondern auch auf uns Bewegliche, die wir die Straßen und Plätze bevölkerten, Eigentümer der Stadt, Beherrscher und Vollführer, Letzte und Erste, Auserwählte und Gezeichnete.

Aber blind seid ihr doch, sagte G. dann, während er an seiner Krume kaute und zum Himmel aufsah, und dann begann er einen Vortrag über den Schwalbenflug im Juli oder über Wolkenränder vor dem Gewitter, und ich lauschte seiner mäandrierenden Rede, froh, zum Zuhörer erwählt zu sein und traurig, dass ich die Reichtümer, die er vor mir ausbreitete, nie würde anblicken können wie er, denn ich war und bin Schriftmensch, Wortmacher, jemand, der zuhören kann, aber nicht sehen, aufschreiben, aber nicht mittun.

Gräm dich nicht, Eck, sagte G. dann, wenn er bemerkte, dass sein Vortrag mich müde machte und traurig, bist halt ein Buchmensch, das muss es auch geben. Und er strich über seinen braunen Pelz, wie um etwas wegzuschieben und redete vom Surren der Gaslaternen über dem Kopfstein und vom Wellenschlag taumelnder Boote, wenn es schon kalt wird auf den Seen und von den Zeichen, die Moose und Flechten legen über eine Wand aus Stein. Wer das lesen könnte, rief G. aus, wer das lesen und verstehen könnte, um den wäre es nicht schlecht bestellt auf dieser Welt. Und ich stimmte ihm zu und wir tranken Fusel, aber während der Wind schärfer wurde und die Sonne sank über den Dächern, wurde ich beklommen und ängstlich, ob ich diese Nacht wohl überstehen würde, ob ich noch einmal aufwachen würde in der Eisenstadt.

Gerade habe ich überlesen, was ich geschrieben habe. Es ist nicht genügend und es erklärt wenig. Aber ich werde nicht wieder von vorn anfangen, sondern weitermachen, so wie ich immer weiter durch die Gassen gehe. G. hat noch nicht entdeckt, dass ich begonnen habe zu schreiben; ich weiß nicht, ob er es billigen würde. Zwar schätzt er es, davon zu hören, wie ich früher geschrieben und gelesen habe, aber das sind Berichte aus der Vergangenheit, aus einer Zeit, als ich noch zu den Festsitzenden gehörte. Dass ich heute, jetzt, in dieser Minute, wieder zum Schreiber geworden bin, könnte ihn kränken, nein, ich weiß, dass es so ist. Also halte ich das Schreiben vor ihm geheim. Schwierig ist das nicht, denn meine Kladde ist klein und findet in einer Mauerfuge im Dom Platz, und mein Stift, ein Bleistift, den ich an der Mauer anspitze, lässt sich immer erklären.

Es ist noch früh. Der Dom und der Platz und G. sind noch nicht wach, und auch ich schreibe und denke noch halb im Schlaf, halb in der Dämmerung, was bedeutet, dass ich mich zusammenreißen muss, um klarer zu werden. Früher, als noch Lehrer über das wachten, was ich schrieb, habe ich oft die Ermahnung gehört, mehr auf den Punkt zu kommen, weniger auszuschmücken, mich klarer zu fassen. Das sind gute Vorsätze, aber meine Gedanken gehen nun einmal ihren Weg wie meine Füße durch die Stadt. Die Stadt, die Stadt. Bestimmt versteht man kaum, was ich meine, wenn ich von ihr spreche, jedenfalls als Festsitzender versteht man es nicht, und ich rechne damit, dass auch Festsitzende mich lesen.

Die Stadt ist uns, den Beweglichen, nicht Wohnort, Adresse, Aufenthalt. Sie ist uns Körper, Atem, Faustschlag. Wir kauern an ihren Atem gebückt, und wir zittern vor ihrer Liebe. Wir umwerben sie mit tausend Schritten und spucken aus vor ihrem Hochmut. Wir ziehen sie an uns, um Schmutz und Dunkelheit zu atmen, und wir schieben sie weg, weil ihr Glanz, ihr Licht uns zu sehr betören. Wir leben auf sie zu und von ihr weg, wir hören, was sie stöhnt und lallt, und wir fliehen und suchen sie an einem Tag. Sie ist uns Mutter, Kind und Amme, Ruhestatt, Floß und Kübel, Brot, Wein und Blut. Wenn sie stürzt, stürzen auch wir, aber wenn sie sich erhebt, werden wir hundertfach erhoben. Wir verwalten ihre Träume und dichten entlang ihrer Arme, ihrer Glieder unsere vermessenen Lieder, unsere verschrockenen Hoffnungen, unsere enttäuschten Sehnsüchte. Wir hören auf ihre Klage in der Nacht und auf ihr Spottlied am Morgen; wir speisen sie, wenn sie hungrig ist, und wir tränken sie, wenn sie dürstet. Wir waschen ihr die Augen klar, wenn sie über uns weinen musste und wiegen sie in den Schlaf, wenn sie unruhig ist und ängstlich. Sie treibt uns, nährt uns, schlägt uns, umkreist uns, prügelt uns. Wer sie beleidigt, dem kratzen wir die Augen aus, aber wer sie rühmt, den prügeln wir halbtot, weil seine Hymnen noch viel zu gering sind in unseren Ohren. Wir reden nicht über sie noch über ihre Gaben noch über ihre Schönheit noch über ihre Allmacht. Wir rühmen sie, indem wir über sie schweigen. Aber ich fürchte, dass man mich nicht versteht, dass vor allem Festsitzende mich nicht verstehen. Doch auch sie, das weiß ich aus Erinnerung, werden von der Stadt ergriffen, berührt, betastet. Freilich lässt sich das nicht vergleichen, denn ihnen ist die Stadt nicht Höhle, Wohnung, Eingeweide, sondern Bild, Durchgang, Prospekt. Sie gehen in ihr umher, durchwandeln sie, promenieren auf ihren Gassen, aber sie sind nur Gäste, Besucher. Ihre Gänge verpflichten sie zu nichts. Die Anblicke, die sie sammeln, stören nicht ihre Ruhe auf. Sie kennen die Stadt nicht.

G. regt sich, gleicht wacht er auf. Dann sitzen wir beim Morgenfusel zusammen, kauen an unserer Krume und schicken unsere Blicke über den Platz. Und danach stehen wir auf, schnüren unser Bündel und beginnen unsere Streifzüge mit den anderen Beweglichen. Nein, unsere Gänge sind uns nicht Vergnügen, Muße, Zeitvertreib. Sie sind Regel, Arbeit, Pflicht. Wir erschaffen die Wege und Straßen unter unserem Fuß. Die Stadt wäre längst erloschen ohne unsere Betastungen, vorhanden vielleicht noch, aber tot. Die Festsitzenden wissen nicht, dass wir es sind, die die Stadt halten, die sie nähren und stützen. Sie halten uns für überflüssig (wie oft müssen wir uns anhören, überflüssig zu sein!), dabei sind in Wirklichkeit sie das Geschwür, das an der Stadt nagt, das ihr längst die Luft abgepresst hätte, wenn wir, die Beweglichen, sie nicht immer wieder beatmen würden. Wie nachsichtig wir sind. Wir verzeihen den Schaufenstern ihre Glätte. Wir blicken hinweg über die geschrubbten Stufen und gewienerten Türen. Wir sehen das Putzen, Wienern und Fegen der Festsitzenden, das die Stadt vom Morgen bis zum Abend erfüllt, gar nicht an. Wir verzeihen ihnen ihre Waschstraßen, ihre Abfalltonnen, ihre Aschenbecher. Wie vergeben ihnen die Ketten mit den Vorhängeschlössern und die verriegelten Tore. Wir lassen ihnen ihre Rollläden, Jalousien und Fensterläden, ihre Klingelknöpfe, Messingschilder und Türdrücker, ihre Gardinenwälder und ihr Antennengestrüpp. Aber wie kränkt es uns, wenn sie bei ihren Gängen wieder einmal nur Blicke haben für den Talmiglanz der Boutiquen, für das falsche Feuer der Juweliere, für die Verlogenheit der Apotheken! Nein, die Festsitzenden sehen es nicht, das hohe Zittern des Grünspans an den Türmen, die schmatzende Ereiferung der Tauben vor dem Abflug, den Augenaufschlag der toten Fenster im hintersten Hof. Sie sind taub für die Stimmen, die aus den Kellerluken und Abflüssen raunen, blind für das Glühen der Container am hinteren Kai. Sie riechen nicht den Staub unter dem Regen und fühlen nicht die Weichheit des Steins am Brunnen.

Wer ihnen von der Schönheit weggeworfenen Bonbonpapiers erzählt, vom Kronleuchterglanz zerbrochener Flaschen, der wird verlacht, angespuckt, fortgejagt. So war es immer, so wird es immer sein. G. regt sich. Gleich wird G. sich emporwälzen. Gleich wird er sich aufrichten zur vollen Größe.

Es ist Frühling geworden, heißer Frühling. Jeden Tag gehen G. und ich hinunter zu den Flußauen. Sie werden bestrichen von einem Wasser; die Baumkronen, die aus ihm ragen, sind wie Büsche, und die Strudel kitzeln an meinem Ohr. Die Flussauen sind belebt; fast alle Beweglichen finden sich jetzt dort ein, hinter den Rohrkolben und unter den Weiden sitzen sie, die Enten streichen um ihre Schultern und schnäbeln um ihr Haar. Das Wasser des Flusses ist schwarz. Ich sehe es nicht gern an, aber G. liebt seinen Ölglanz.

Hinter dem aufgelassenen Schlachthof, wo eine Herde alter Laster rostet, hat G. sich etwas geschaffen, was den Neid der Beweglichen erregt: ein Lager, eine Umhegung, einen Verschlag. Er ist ohne Dach, aus Brettern gebildet, aber er hat Tür und Schloss und einen eifersüchtigen Besitzer. Hier, unter dem Stich der Sonne, gibt G. sich Ira hin, hierher lockt er sie jeden Tag. G. und Iras Schreie durchdringen das Dickicht, vertreiben die Enten, empören sich gegen die Zuschauer, die von allen Seiten herandringen. Während G. und Ira am Werk sind, kauere ich auf dem Dach des Silos und blicke zu ihnen hinunter. Gs. Rücken bewegt sich gelb und breit vor der Wand der Bretter, und Iras Waden umklammern und umscheren ihn. Es ist ein Gesetz, dass die Beweglichen dazu grummeln und stampfen, während sie den Verschlag umkreisen. Manchmal wirft G. ihnen Schimpfworte zu, Kriecher nennt er sie, Pack, aber dennoch ermuntert ihr Gegrummel und Gestampfe ihn zu noch tieferen, noch wilderen Stößen. Während ich den Wind atme, der von der Schokoladenfabrik herüberweht, schließe ich die Augen. Ich will es nicht mit ansehen, wenn Ira von G. heimgesucht wird, wenn sie ihn empfängt und auskostet. G. ist stark und ausdauernd, lange kann er Ira bearbeiten. Lange kann dieser Vormittag dauern, lange kann die Sonne herabstechen und die Schleicher blenden. Es ist ein schöner Tag.

Tobias Andernacht

Als Tobias Andernacht an diesem Morgen sein Haus verließ, war es warm und sonnig – warm und sonnig zum ersten Mal in diesem Jahr, so wie es sein muss, wenn man vom ersten Frühlingstag spricht. Die Sonne, sie schien, sie strahlte, sie stand am Himmel, sie sendete ihre … kurz, an diesem ersten Frühlingstag war alles so überhell beleuchtet, dass es in den Augen schmerzte.

Tobias Andernacht ging der Frühling auf die Nerven. Er hatte ihn weder herbeigebeten noch erwünscht, er war mit dem Winter ganz zufrieden gewesen, einem Winter, wo man hinter dicken Vorhängen in der Stube saß und ein gutes Buch las, wo es herging, dass man Tee trank, dass man aus dem Fenster blickte, dass man einen Brief schrieb, dass man vielleicht sogar alte Schränke aufräumte – kurz, dass man mit sich im Reinen war. An einem Frühlingstag waren all diese Dinge nicht mehr möglich; man hätte sich mit ihnen vor sich selbst lächerlich gemacht. Natürlich, da gab es das Wort vom Frühjahrsputz, das an Aufräumungen denken ließ, aber obwohl Tobias Andernacht Sprich- und Denkwörter eigentlich schätzte, hielt er von dem Wort Frühjahrsputz überhaupt nichts. Frühjahrsputz, das klang nach alten Weibern, die ständig die Fenster öffneten, sodass es zog, die mit Stapeln von Wäsche die Treppen hinauf- und hinunterpolterten, fortwährend etwas riefen, zu etwas ermahnten und einen so scharf ansahen, dass man sich am Ende überflüssig fühlte. So jedenfalls war es in seiner, Tobias Andernachts, Kindheit gewesen; auf solche Weise war der Frühjahrsputz durch die Räume des weitläufigen, düsteren Hauses gegangen.

Die Vögel sangen; das musste man hinnehmen. Sie sangen oder vielmehr machten Geräusche von morgens bis abends, sie zirpten und zwitscherten und jubilierten, dass es nicht zum Aushalten war. Aber die Vögel waren noch nicht einmal das Schlimmste. Das Schlimmste war diese schwüle, wärmlich bewegte Luft, die alles mit ihrem parfümierten Atem tränkte, ein von Morgenlust und Blütenduft übersättigter Dunst, der jeden Gedanken erstickte, in dem man in einer Benommenheit umherging und der schließlich Kopfschmerzen machte. Tobias Andernacht schnaufte, schüttelte den Kopf und schlug den Kragen seines Mantels empor.

Es war noch nicht einmal die Rede davon, dass irgendetwas grünte und blühte, wie es doch immer hieß. Es war Mitte März; dies alles, dieser Tag hier, war in Wirklichkeit nichts als ein künstlich aufgewärmter Winter, dem man mit heißer Luft und voreiligen Düften einen falschen Frühling aufgeschminkt hatte. Aber so ist die Natur, dachte Tobias Andernacht und schlug den Mantelkragen noch etwas höher, das ist ihre jedes Jahr von neuem mit Einfallslosigkeit ins Werk gesetzte Dramaturgie, eine Dramaturgie der feierlichen Vorwegnahmen und augenzwinkernden Ankündigungen, die jedem Schmierentheater Ehre machen würde. Und auf die man doch immer wieder hereinfällt, fügte er in Gedanken hinzu, während er jetzt stehen blieb und über das Moos einer Mauer strich, die ein verwildertes Grundstück umschloss. Er wollte kopfschüttelnd weitergehen, aber eine Forsythie hing über das Pflaster und versperrte ihm den Weg; unter der Last ihrer Blüten schien sie fast zusammenzubrechen.

Vielleicht durch den Ärger, den die fatale Jahreszeit ihm bereitete, vielleicht durch eine leichte Verkühlung, die er sich beim Reinigen und Aufsäubern des Wintergartens am Tag zuvor zugezogen hatte, Tobias Andernacht litt unter einer Erkältung. Auch das geht auf das Konto Frühling, sagte er sich grimmig, zog ein Taschentuch hervor und schnäuzte hinein.

Die Sache war die, dass Tobias Andernacht, auch, wenn er sich nicht gerade im Ärger über den Frühling befand, von melancholischer Gemütsart war und nur über wenig Humor verfügte, genaugenommen über gar keinen. Alles, was ihm geschah, nahm er sehr ernst, und alles, was das Schicksal ihm auferlegte, lastete schwer auf seiner Seele. Dabei litt er selbst am meisten unter seiner Empfindlichkeit und hatte unzählige Male versucht, sie abzuschütteln, sich zu Mut, Freude und Zuversicht zu zwingen – freilich immer vergeblich. Als er klein gewesen war, hatte die Mutter versucht, den zarten, ängstlichen Knaben durch Schonung zu kräftigen und dadurch das Gegenteil erreicht: Das völlige Fernhalten äußerer Stöße, die bruchlose Umhüllung seines Daseins mit einem Kokon aus Fürsorglichkeit hatte seine Angst und Unsicherheit nur wachsen lassen, und am Ende war aus dem zurückhaltenden Knaben erst ein gehemmter junger Mann geworden und dann schließlich ein hypochondrischer Hagestolz, der sich vor jedem Luftzug ängstigte und den man nicht um die kleinste Gefälligkeit angehen durfte, ohne dass er einen seiner Anfälle bekam.

Seiner unglücklichen seelischen Disposition zum Trotz lebte Tobias Andernacht in Behaglichkeit, denn sein Vater, ein Strumpfwarenfabrikant, war früh verstorben und hatte ihm ein Vermögen hinterlassen, das ihn unabhängig machte und über das er seit seiner Volljährigkeit verfügte.

Nachdem er als Halbwüchsiger, unwillig und ohne rechtes Interesse, eine Lehre in einem Bankhaus durchlaufen hatte, hatte er es danach im Bankkontor gerade einmal zwei Jahre ausgehalten und sich dann, nach dem frühen Tod der Mutter, in seinem achtundzwanzigsten Jahr endgültig zur Ruhe gesetzt.

Tobias Andernacht zog nicht aus der kleinen Stadt, in der er aufgewachsen war, sondern fuhr fort, das Haus seiner Eltern zu bewohnen, da ihn dessen Vertrautheit und die Anwesenheit der seit Kindesbeinen bekannten Dienstboten beruhigten. Wenigstens das Haus ist unveränderlich, sagte er und lehnte es ab, an seiner Einrichtung auch nur das Geringste zu ändern. Die Kleider und Schränke des Vaters blieben an ihrem Platz, der Putz der Mutter wurde wie ehedem in reinlichen Kästen verwahrt und regelmäßig gewaschen, und alles, was die Eltern an Briefschaften und Papieren hinterlassen hatten, wurde in Ehren gehalten, als sei stündlich mit ihrer Rückkehr zu rechnen.

Fortan verbrachte Tobias Andernacht seine Tage mit der Ordnung und Überwachung seines Besitzes, was ihm nicht wenig Mühe verursachte, denn bald entwickelte er, was Hausangelegenheiten anging, eine penible Manie, die viel Zeit erforderte. Er sah streng darauf, dass die Zimmer nicht nur einmal, sondern zweimal am Tag gekehrt wurden und dass man bei der Reinigung der Fenster auf die gleiche Weise verfuhr. Der Ascheimer musste stündlich geleert werden, auch wenn er gar nichts enthielt, und bei der Abräumung des Geschirrs hatte das Mädchen eine komplizierte Reihenfolge einzuhalten, um Teller, Gläser und Besteck nicht untereinander zu vermischen.

Was diese Rücksichten bezweckten, vermochte Tobias Andernacht selbst nicht genau zu erklären – es ging ihm nur, wie er immer wieder erklärte, ums Prinzip. Allerdings ließ er durchblicken, dass er bei all seinen Anordnungen vor allem auf Sicherheit bedacht sei. Wie leicht konnte durch unbeaufsichtigte Glut ein Feuer ausbrechen! Wie schnell hatte man sich an einem scharfen Messer verletzt!

Es versteht sich, dass die Dienstmädchen an diesen Pedanterien, deren Absonderlichkeit von Monat zu Monat wuchs, verzweifelten und ihre Dienste im Hause Andernacht schließlich kündigten. Am Ende fand sich gar niemand mehr, der die Arbeit übernehmen wollte, da sich herumgesprochen hatte, dass es sich bei diesem

Hausherren um eine schwierige Herrschaft handele, von der man sich besser fernhielt, da ihren strengen Augen niemand genügte.

So blieb Tobias Andernacht am Ende allein in seinem großen Haus – verlassen nicht nur von den Eltern, die längst ins Grab gesunken waren, sondern auch von den Händen, die das stattliche Anwesen und den weitläufigen Garten erhalten hatten. Fortan blieb er auf seinen eigenen Fleiß angewiesen und wurde also, trotz stattlichen Vermögens, zum Gärtner, Küchenmädchen und Koch, der Tag und Nacht in den alten Räumen putzte, ordnete, räumte, abstaubte, flickte und fegte.

Einige Zeit gelang es Tobias Andernacht, sein Haus auf einem gewissen Stand zu erhalten, da er sich bei der Arbeit geschickter anstellte, als er selbst es sich zugetraut hatte. Er brachte sich bei, Wäsche zu waschen und zu bügeln, Fenster zu putzen, Zimmer zu fegen und zu wischen, Rasen und Büsche zu schneiden, zu kochen und zu backen, und er entwickelte bei all diesen Tätigkeiten sogar einen unerwarteten Eifer – weitaus größer als den, den er je auf die Arbeit in der Bank gewendet hatte. Auf diese Weise beschäftigt, lebte er ein paar Jahre ruhig fort und empfand bei all der Arbeit, die er sich aufgebürdet hatte, nicht einmal Überdruss, sondern jene befriedigte Müdigkeit, die sich nach praktischem Tun einstellt.

Dann aber, wohl infolge der unablässigen körperlichen Anstrengung, für die seine Konstitution nicht geschaffen war, suchten ihn Erschöpfungszustände und Kopfschmerzen heim, die sich verschlimmerten und bald auch von Schwindel und Schlaflosigkeit begleitet wurden. Tobias Andernacht musste, ob er wollte oder nicht, kürzertreten, pausieren und die Hausarbeit schließlich niederlegen, was für den Zustand des Anwesens nicht ohne Folgen blieb. Bald verwilderte der Garten, in den Zimmerecken sammelte sich Staub, und die Fenster wurden blind und trübe. Gegen seine Überzeugung blieb Tobias Andernacht, der sich zu keiner Anstrengung mehr aufraffen konnte, jetzt morgens lange im Bett, stand manchmal erst gegen Mittag auf und schaffte es dann gerade noch, beim Krämer das Notwendigste für sein Mittagsmahl einzukaufen. Bald ermüdeten ihn selbst diese kurzen Gänge, und er musste sich streng antreiben, in ihnen nicht nachzulassen, um nicht zu verhungern. Eine Vorratshaltung zu betreiben, für mehrere Tage einzukaufen, lehnte er ab, da er die schnelle Verderbnis der Lebensmittel fürchtete. Da er keine Freunde oder Verwandte hatte, gab es niemanden, der diese Zustände mitbekam und ihm geraten hätte, einen Arzt aufzusuchen. Von den Ärzten nämlich hielt Tobias Andernacht sich fern – vorgeblich, weil er ihnen nicht traute, in Wahrheit aber, weil er sich vor ihnen fürchtete.

Zu der Zeit, da unsere Geschichte spielt, war Tobias Andernacht mehrere Tage bettlägerig gewesen – jedenfalls benutzte er selbst diese Bezeichnung für einen Zustand, der darin bestand, das Bett tagelang nicht zu verlassen, ohne wirklich krank zu sein. Sich selbst gegenüber begründete er diese Praxis mit den Schwächezuständen und Müdigkeiten, die ihn seit einiger Zeit plagten, die sich durch das ständige Liegen allerdings noch verstärkten. Heute Morgen hatte er sich schließlich, missgelaunt und zerschlagen vom Nichtstun, förmlich selbst aus dem Bett gezogen und war mit schwerem Kopf und leichten Füßen durch das Zimmer getaumelt, bis er endlich die Kraft gefunden hatte, die Kleider anzuziehen. Als sein Blick auf die Uhr in der Halle gefallen war, hatte sie bereits elf Uhr dreißig angezeigt, und siedend heiß war ihm eingefallen, dass der Krämer über Mittag schloss und die Speisekammer leer war. Sogleich hatte er sich in den Wintermantel geworfen, nach Tasche und Geldbörse gegriffen und war auf die Straße gestürzt, in den aufgeschminkten Frühling hinein.

Immer noch stand Tobias Andernacht vor der Mauer und blickte auf die Forsythie, die sich ihm in den Weg gestellt hatte. Was war es noch, worüber er sich so aufgeregt, was ihn so erzürnt hatte? Ach ja, der Frühling, der Lenz, die ungeliebte Jahreszeit … Ja, das war fatal, das war sehr, sehr ärgerlich … Aber hatte er, Tobias Andernacht, nicht das Recht, diese Jahreszeit des Glücks und der Wonne zu verachten, sie zu fürchten? War er um Glück und Zufriedenheit, um den großen Aufbruch und die Verwandlung in seinem Leben nicht immer betrogen worden?

Und mit dem Zorn des Ungeliebten, des immer zu kurz Gekommenen, des stets Ausgeschlossenen, griff er mit beiden Händen nach den gelben Blüten, zerrte an ihnen, um ihren frechen Glanz auszulöschen, hängte sich schließlich, als sie nicht reißen wollten, an sie, glitt aus und stürzte zu Boden, wobei seine Stirn, die weiß gegen das gelbliche Pflaster abstach, scharf gegen den Bordstein prallte. Zu seiner Beerdigung kam keine Seele.

Fundus

Von einem Freunde kommend, mit dem er sich überraschend gestritten hat, durchwandert T. die Stadt, ohne sich entschließen zu können, den Heimweg anzutreten. Während er fremde Straßen entlanggeht, nimmt er sich vor, dem Freund zu schreiben, sofort, ihm alles nicht Gesagte noch nachträglich zu sagen und ihn so restlos von seiner, Ts. Meinung, zu überzeugen, was doch sehr nötig ist, da dieser offenbar nicht einmal die Hälfte versteht und auch nicht verstehen will. Diese Unbelehrbarkeit hat sich an ihm schon in früheren Jahren, als Knabe, gezeigt; nun, da er erwachsen ist, verbirgt er sie hinter einer gewohnheitsmäßig zur Schau getragenen Maske von Freimütigkeit und gutem Willen, die freilich fällt, wenn man ihn ernstlich angeht. Aber nicht alles kann man ihm durchgehen lassen, nicht alles ihm ersparen. Wahrheit muss Wahrheit bleiben.

Als T. gerade einen Satz formt, mit dem er den Uneinsichtigen über diesen Sachverhalt belehren will, gerät er in eine Gruppe von Touristen, die sich um einen Reisebus scharen, Osteuropäer mögen es sein. Er sieht dunkles Haar und Schnurrbärte; sie reden, wie T. flüchtig bemerkt, in dunkel kehligen Lauten. Er beeilt sich, an den Leuten vorbeizukommen, schiebt einen älteren Mann mit Käppi beiseite, was Protestrufe hervorruft, aber schließlich kann man nicht immer alles abwarten und hinnehmen, viel zu viel nimmt er, T., schon hin, heute wieder den Freund, seinen Eigensinn, seine Launen. Nicht einmal anständigen Wein bekommt man bei ihm vorgesetzt, nur Fusel, von dem man morgen einen schweren Kopf haben wird. Er schüttelt den Kopf, was eine ihm entgegenkommende Frau aufblicken lässt; dies reißt ihn endlich aus seiner Wut; er bleibt stehen und besinnt sich.

Wo ist er? Sein Weg hat ihn in die Altstadt geführt; er kennt die Straße, in der er steht, gar nicht; es ist eine Straße mit alten Fassaden und dunklen Eingängen. Nicht ein Wagen steht am Straßenrand, und in den Fenstern regt sich kein Licht. T. schüttelt erneut den Kopf, allerdings weniger energisch, und geht weiter. Es beginnt zu dunkeln und kühlt ab; als er nach der Uhr sieht, stellt er fest, dass es bereits drei viertel elf ist. Er beschließt, nach Hause zu fahren, sofort. Über den Weg dorthin macht er sich keine Sorgen; die Erfahrung hat ihn gelehrt, dass man nur lange genug in eine Richtung gehen muss, um auf eine bekannte Straße zu stoßen.

Zwei junge Männer kommen ihm entgegen, der Linke balanciert eine Zigarette zwischen Daumen und Zeigefinger und blickt T. aus halb geschlossenen Augen entgegen, was ihn an einen bestimmten Blick des Freundes erinnert, mit dem dieser ihn, gerade als die Aufregung und der Streit am größten gewesen waren, angesehen hat, ein kühl musterndes Erstaunen, das noch unverschämter war als die vorher ausgestoßenen Invektiven. T. denkt erneut an den Brief, den er schreiben will und wie er dem Freund darin jenen Blick vorhalten wird.

Die Straße verengt sich und vollzieht eine Wendung nach links; das Pflaster wird uneben und fällt ab zur Fahrbahn, sodass T. auf seine Schritte achten muss. Er kommt vorüber an Geschäften mit heruntergelassenen Rollläden; man kann nicht sagen, ob sie geschlossen sind oder aufgegeben. Endlich stößt er auf eine Kreuzung und kann die Straßenschilder entziffern, aber die Namen, Brucknerstraße und Fortnerring, sagen ihm nichts. Da die abgehende Nebenstraße noch unbelebter wirkt als die, in der er steht, biegt er nicht ab, sondern hält an seinem Plan fest, geradeaus zu laufen. Er passiert eine Baustelle mit unkrautüberwachsenen Sandhügeln, kommt vorbei an einem dusteren Schaufenster, dessen Auslagen mit vergilbten Briefbögen, Stempeln und Schildern besetzt sind und gerät auf einen dreieckigen Platz, auf dem nichts steht als eine Bank unter einer Laterne auf struppigem Rasen.

T. bleibt kurz stehen und blickt sich um. Links öffnet sich ein Tor zu einer aufgegebenen Gaststätte; die rötliche Fraktur über der Tür ist noch lesbar, aber in dem schmalen Vorgarten, der von einem Eisenzaun umschlossen ist, türmen sich Bretter und verrostetes Gestühl. Das Haus gegenüber, ein mehrstöckiges Mietshaus mit großen Fenstern, scheint leer zu stehen, nur ganz oben, in einer ovalen Gaupe, die zu ihm auf den Platz blickt, meint er einen Schimmer zu entdecken. Fröstelnd schlingt er die Arme um den Leib, wie um eine Kälte von sich abzuhalten. Er überquert den Platz, biegt in die gegenüberliegende Gasse und stellt fest, dass es in ihr nicht einmal Licht gibt. Mürrisch zieht er nun doch seine Taschenlampe hervor und leuchtet sich voran in das Dunkel. Zerbrochenes Glas und zerknülltes Papier liegen auf dem Weg, und er stolpert über ein Bündel Prospekte, die ein unzuverlässiger Verteiler unter sich geworfen hat. Eine verkommene Gegend, denkt T., die Stadtverwaltung müsste hier dringend Ordnung schaffen. Er fröstelt erneut und spürt ein Prickeln in den Schultern. Um sich abzulenken, leuchtet er mit der Taschenlampe die Hauswände hinauf und stellt fest, dass viele Wohnungen leer stehen; hinter dem staubigen Glas hängen keine Gardinen, und hie und da sind sogar Scheiben eingeworfen. Flüchtig registriert er, wie die Straße jetzt abzufallen beginnt und wie dies sein Vorangehen erleichtert.

Er nimmt sich vor, dem Freund in dem Brief von seinem abenteuerlichen Heimgang zu berichten; er soll nur wissen, in welche Verirrung ihn der dumme Streit gestürzt hat; das kann er sich ruhig anhören, denkt T. und legt sich Sätze zurecht, mit denen er von dem verkommenen Viertel berichten will.

Die Gasse vollführt einen Knick, und endlich entdeckt T. in der Ferne Licht, einen beleuchteten Eingang. Gott sei Dank, ich erreiche wieder bewohntes Gefild, denkt T. und beschleunigt seinen Schritt. Vage nimmt er wahr, wie vor ihm eine Gestalt das Haus fluchtartig verlässt, kurz in seine Richtung blickt und dann in die Dunkelheit davonstürmt.

Er gelangt zu einem Gebäude mit hohen Fenstern, das einmal ein Kontorhaus gewesen sein mag; der nach innen gezogene Eingang wird erhellt von grünlichem Neonlicht. Über einer vergitterten Glastür hängt ein Schild mit länglich ausgezogenen Serifen: *FUNDUS*.

T. betrachtet es eine Weile, während er fühlt, wie die Müdigkeit seine Schultern herabzieht und um seinen Leib eine zittrige Schwäche legt. Vielleicht bekomme ich hier ja einen Schluck zu trinken, denkt er, während ihm zugleich einfällt, wie unsinnig dieser Gedanke ist, denn ein Fundus, hat das nicht mit Theater zu tun? Vielleicht kann ich da zumindest kurz sitzen und ausruhen, denkt T. undeutlich, steckt die Taschenlampe ein, streicht sich das Haar zurecht und öffnet die Tür.

Er betritt einen Vorsaal, in dem ein geschwungener Tresen weit nach links und rechts geht; hinter ihm ist niemand zu sehen. Überall in dem Raum und noch in Nebengänge sich fortsetzend, türmen sich altertümliche Gegenstände in wilder Anordnung. Links, dem Ankömmling zugewandt, erhebt sich eine Ritterrüstung mit Federbusch, neben ihr steht ein Vogelkäfig mit gedrechselten Säulen und falschen Sittichen, dann ist da eine Amphore mit Seidenrosen auf einem Marmorsockel, ein Kinderwagen mit Verdeck, ein tellergroßer Schiffskompass und ein unförmiger Bienenkorb. T. blickt danach, ob auf dem Tresen eine Glocke bereitsteht, um den Ladenbesitzer herbeizuholen, aber er findet nichts. Soll er rufen, in einen der Gänge hinein? Aber das kommt ihm sehr ungehörig vor, zumal es schon später Abend ist. Wie überhaupt geht es zu, dass dieses Geschäft noch geöffnet hat?

Er betritt den rechten Gang, der sich zwischen Pfeilern und Balustraden windet; oben verliert er sich in einem rötlichen Dunkel, und ein Geruch nach Politur und alten Kleidern geht in ihm um. Während T. seine Jacke öffnet, wird ihm bewusst, wie er Wärme und Licht vermisst hat. Schmale Türen öffnen sich in beleuchtete Kammern, in denen, thematisch geordnet, allerlei Hausrat steht. Er blickt in ein Zimmerchen mit Pendulen, Tischuhren und Weckern, in eines, in dem auf Stellagen Schreib- und Rechenmaschinen platziert sind, dann folgt eine Kammer mit gerahmten Spiegeln verschiedener Größe, danach eine mit altertümlichem Blechspielzeug, hierauf eine mit Sesseln und Stühlen, dann eine mit Folianten und schließlich ein Zimmer mit Hüten, Mänteln und Taschen.

T. mustert all die Räume nur flüchtig; einen Augenblick lang überlegt er, in dem Zimmer mit den Sesseln auszuruhen, sagt sich dann aber, dass er dort einschlafen würde und wie peinlich es wäre, wenn man ihn so fände.

Der Gang öffnet sich in einen Saal mit Stuckdecke, der mit größeren Möbelstücken gefüllt ist. Hohe Glasschränke, eine Anrichte aus Eichenholz und eine mit Porzellan gedeckte Tafel, an der acht oder zehn Stühle stehen, markieren die Mitte. Von den Wänden blicken, leicht geneigt, gerahmte Gemälde. Auch hier ist niemand zu sehen. T. überlegt schon umzukehren, als er am Ende des Raumes einen Durchgang erspäht, der von einem bläulichen Vorhang umhängt ist. Er geht auf ihn zu.

Ein teppichbelegter Korridor, warm beleuchtet, öffnet sich; er ähnelt einem Hotelflur. Links und rechts zweigen Türen ab. Da es in dem Gang nach süßlichem Harz riecht, schlüpft T. durch die Portiere. Während er die Türen mustert, fällt ihm auf, dass seine Schritte in dem Gang kaum hörbar sind. Ein Schleichgang, denkt er und fühlt sich durch das Wort seltsam erfrischt; auch seine Müdigkeit scheint nun zu weichen.

Der Gang windet sich scharf nach rechts, und plötzlich steht T. vor einem in die Wand gebauten Schalter, hinter dem eine Frau sitzt. Sie trägt ein tannengrünes Kleid in altmodischem Schnitt, und ihr Haar ist zu einem Knoten gebunden; auf ihrer Nase balanciert eine Brille mit dicken Gläsern. T. tritt an die Scheibe heran.

Ein Erwachsener, fragt sie und deutet mit der Rechten auf eine orangefarbene Papierrolle. T. nickt und holt sein Portemonnaie aus der Jackentasche.

Drei fünfzig, stellt die Frau fest, reißt ein Billett ab und legt es auf das Metalltellerchen, das unter der Glasscheibe hervorlugt. T. bezahlt, das Metalltellerchen dreht sich, er empfängt sein Wechselgeld und blickt die Frau fragend an.

Da entlang, sagt sie und deutet mit kurzem Finger auf eine Metalltür.

T. bedankt sich und geht auf die Tür zu. Sie lässt sich nur schwer aufschieben, doch endlich gelingt es ihm, und er zwängt sich hindurch. Er betritt einen dunklen Flur, von dem wieder Türen abgehen; die Anordnung gleicht einer leeren Wohnung. T. bleibt einen Augenblick stehen und horcht; kein Laut ist zu hören. Er betritt das zweite Zimmer links, das sehr hoch ist. Die schrägen Wände sind mit einer gemusterten Tapete bedeckt, die sich hie und da schon von den Wänden löst. Ein ovales Fenster, strahlenförmig mit Sprossen geteilt, öffnet sich auf den nächtlichen Himmel; vor ihm steht ein Fernrohr auf einem hölzernen Stativ.

T. tritt an das Fenster und stellt fest, dass er aus großer Höhe auf einen Platz hinunterblickt. Er überlegt, ob er an irgendeiner Stelle Stufen emporgestiegen sei, kann sich aber nicht erinnern. Die Aussicht wirkt auf nicht ganz erklärliche Weise künstlich, als betrachte er eine Kulisse; dennoch zweifelt er nicht, dass er auf die Straße blickt, durch die er gekommen ist: Rauch steigt aus den Schornsteinen, in der Ferne zieht das rote Blinklicht eines Flugzeugs in den Himmel, und der Lärm entfernter Straßen rauscht zu ihm herauf. Plötzlich begreift T., dass er auf den dreieckigen Platz schaut, an dem er vorhin vorbeigekommen ist, tatsächlich, da steht die Bank unter der Laterne, und da ist auch der Eingang zu der verlassenen Gaststätte. Er zieht das Fernrohr heran, richtet es auf den Platz und blickt durch das Okular.

Zunächst erkennt er gar nichts, nur milchige Schleier; dann, nachdem er an den Rädern gedreht hat, wird das Bild scharf. Deutlich, in fast bestürzender Vergrößerung, sieht er die im Vorgarten der Gaststätte gestapelten Stühle und die rötliche Fraktur über dem Eingang. Er dreht das Rohr nach links, und nun wandert die hell beleuchtete Bank in seinen Blick, unter ihr türmen sich Bierflaschen und zerknülltes Papier. Eine verkommene Gegend, denkt T. Schließlich richtet er das Fernrohr wieder nach rechts, um die Straße, die er vorhin hergekommen ist, zu untersuchen, endlich gewinne ich einmal Übersicht, denkt er.

Plötzlich erregt eine Gestalt seine Aufmerksamkeit, ein Mann, dessen Aussehen ihm zugleich fremd und vertraut vorkommt: Er trägt einen Wintermantel und geht, die Hände in den Taschen vergraben, vornübergebeugt. Als er an der Gaststätte vorüberkommt, bleibt er stehen, lehnt sich zurück und schüttelt den Kopf. Dann wendet er sich der Bank zu, während er die Arme um sich schlingt, wie um eine Kälte von sich abzuhalten. Als das Gesicht des Fremden sich ihm zuzuwenden beginnt, erfasst T. ein Unbehagen und er schiebt das Okular beiseite. Ich muss es auch nicht zu weit kommen lassen, denkt er und geht ein paar Schritte durch das Zimmer.

Der an mancherlei Stelle mit Blech geflickte Dielenboden knarzt unter seinem Schritt. Als er die schrägen Wände mustert, entdeckt er zwischen den Sparren am First ein Vogelnest. Offenbar ist es verlassen, denn angetrockneter Kot bedeckt die Wände darunter. Welche Unordnung, denkt T., für dieses Eintrittsgeld hätte man mehr Ordnung erwarten können. Er überdenkt, wie weit der Blick von hier oben umgeht und dass die

Aussicht am Tag noch weitläufiger sein müsse als in der Nacht. Dann wendet er sich wieder zum Fenster und stützt die Ellbogen auf die Fensterbank. Wie erwartet, findet er den dreieckigen Platz nun leer; nicht einmal eine Fußspur deutet auf den Fremden, der dort gestanden hat.

T. blickt noch einmal durch das Okular, mustert die Bank und den Unrat, nickt und schiebt das Instrument endlich beiseite.

An die Blicke hier oben könnte er sich gewöhnen. Komfort freilich bieten die Räume keinen, und überhaupt ist es ja unmöglich, sie zu bewohnen. Er sieht auf die Uhr; es ist schon nach elf, und er muss endlich nach Hause kommen. Er rafft den Mantel zusammen, wendet sich in Richtung Flur und verlässt die Wohnung. Als er an dem Schalter vorüberkommt, grüßt er die Frau in dem grünen Kleid mit flüchtig gehobenem Finger. Dann läuft er, da ihn ein unangenehmer Einfall, eine Sorge zu plagen beginnt, den teppichbelegten Gang zurück, erreicht den Saal mit den Stühlen und stürmt von dort durch den Flur an den Kammern mit der Trödelware vorbei dem Ausgang zu. Als er den Vorsaal mit dem Tresen erreicht, bemerkt er, dass nun eine Frau hinter ihm sitzt wie zu einer Aufsicht. Sie trägt ein Ballettkostüm, das ihre Schultern freilässt. Während ihr Blick auf T. fällt, bemerkt er flüchtig, dass die Frau, obschon nicht mehr jung, schön ist. T. nickt ihr mit schiefem Lächeln zu, wirft sich gegen die Tür, taumelt durch das grünliche Neonlicht und rennt endlich, da er – ganz sicher ist er sich nun in diesem Gedanken – eine Verfolgung fürchtet, eine furchtbare Verfolgung, davon, dem Tag, dem Licht entgegen.

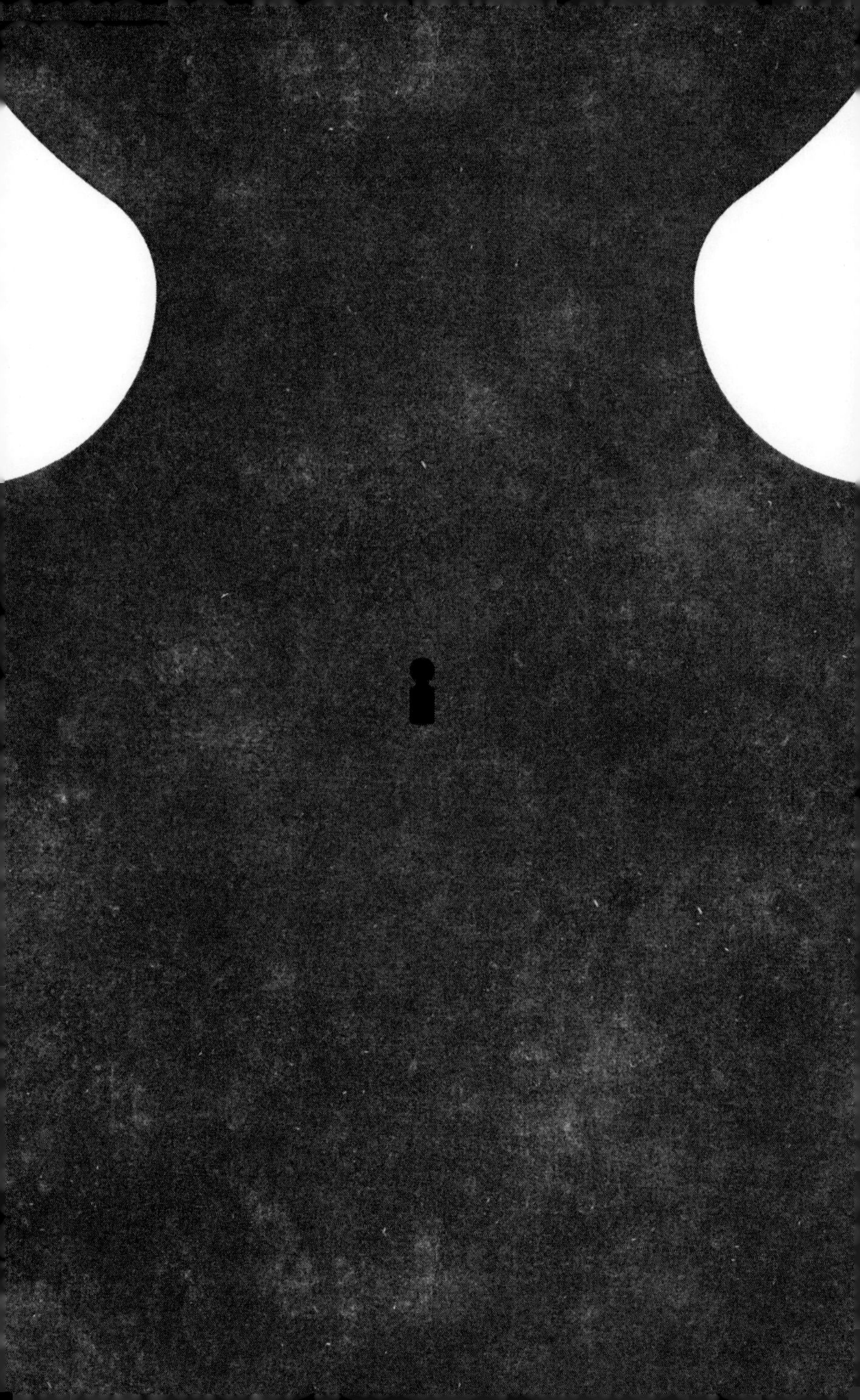

Johanna Böhme

Das Leben der Johanna Böhme, geboren und aufgewachsen im hessischen Ulmbach, kann ein Beispiel dafür sein, wie ein Leben um sich selbst kreist und schließlich zum Erliegen kommt.

Ende August des Jahres 1911 unternahm Johanna zusammen mit ihren Eltern eine Reise oder Ausfahrt in das nahegelegene Schlüchtern, um Verwandte zu besuchen. In einen der großen Gärten, von denen die Wohnhäuser dort umgeben sind, hatten die Verwandten die Böhmes zu einem Kaffee eingeladen. Die Anreise ging mit einem Fuhrwerk über Landstraßen und nahm den gesamten Vormittag in Anspruch. Photographische Aufnahmen, die an jenem Nachmittag gemacht worden sind, zeigen die damals zwölfjährige Johanna im weißen Sommerkleid inmitten ihrer Eltern und Verwandten und neben ihr den damals vierzehnjährigen Theodor, ihren Vetter.

Die Geschichte oder das, was man von ihr berichten kann, beginnt aber schon zwei Wochen früher, denn bereits am 11. August desselben Jahres erhielt Johanna einen Brief von ihrer Großmutter, ein auf rosafarbenem Papier abgefasstes Schreiben, von dem die Empfängerin in ihrem Tagebuch berichtet. Sein wörtlicher Inhalt ist nicht überliefert; wahrscheinlich aber enthielt es Schmähworte gegen den zwei Jahre älteren Theodor, mit dem Johanna noch nicht zusammengetroffen war.

Der Brief, dessen Wortlaut schneidend gewesen sein muss, hat Johanna offensichtlich gegen ihren Vetter eingenommen und das bereits zu diesem Zeitpunkt geplante Familientreffen, das endlich eine Bekanntschaft unter so nahen Verwandten herstellen sollte, schon im Vorfeld verdüstert. Will man seinen Ausgang begreifen, muss man sich die Situation des Mädchens vergegenwärtigen: Angefüllt mit Urteilen, die nur schwer ihre eigenen genannt werden können, trifft sie auf einen älteren Jungen, dessen Ruf in ihren Augen schlecht, dessen Charakter angeblich verdorben und dessen Zukunft zweifelhaft ist. All dies geschieht unter Bedingungen, die ihr kaum Zeit und Gelegenheit für ein eigenes Urteil lassen. Bevor ich nun aber auf die Geschehnisse an jenem 27. August zu sprechen komme, Geschehnisse, die nicht leicht wiederzugeben sind, will ich noch einiges sagen, um Johannas Persönlichkeit, wie sie damals entwickelt war, zu beschreiben.

Ich sprach eingangs davon, dass Johannas Leben um sich selbst gekreist sei, dass es nur sich selbst zum Inhalt gehabt habe. Verantwortlich für diese nie verlassene Selbstbezüglichkeit, dieses Kreisen um die eigene Person, wie man es nennen könnte, war nicht Johanna mit ihrer eigenen Person; hier liegen die Ursachen in der Stellung des Mädchens innerhalb seiner Familie begründet. Es mag falsch sein, sich allzu lange mit Briefen aufzuhalten, deren Inhalt heute nicht mehr zu ermitteln ist, aber die häufige Erwähnung jenes Schreibens ihrer Großmutter in den Tagebüchern Johannas legt Zeugnis davon ab, dass sie eine Befangene genannt werden kann, eine Beeinflusste; dass andere ihr den Ton und das Lied vorgaben.

Die Rolle der Eltern bleibt unklar. Karl Gustav Böhme, Tischler und Handwerksmeister in dritter Generation, kann nicht allzu viel Anteil an einer Tochter genommen haben, deren Interessen so weit ab von den seinen lagen, die oft eine Schlafwandlerin zu sein schien, die sich in Bäumen versteckte und früh schwierige Bücher las. Die Mutter Ernestine war wohl kaum mehr als eine tüchtige Hausfrau; gelernte Putzmacherin, verstand sie es, die Tochter mit schönen Kleidern auszustatten, wir dürfen jedoch kaum annehmen, dass sie Zugang zu der Gedankenwelt eines Mädchens fand, das schon mit zehn Jahren erklärte, „sich auf alle Dinge so zu verstehen, wie es meinem Alter zukommt" (Tagebuch vom 7. 8. 1910), das in den Nachbargärten von den Beeren naschte und das sich in der Schule nicht im Singen oder Nähen hervortat, sondern mit einer Begabung für das Rechnen. Johanna also stand mit ihren zwölf Jahren allein inmitten ihrer Familie: fremd gegenüber dem jähzornigen, immer bekümmerten Vater, weitab von der oberflächlichen, nur nach Prunk schielenden Mutter. Zu ihren Geschwistern war wohl schon damals das Verhältnis nur ein kühles. Die um vier Jahre jüngere Schwester Nelly war kaum mehr als eine Last; allzu oft verlangte die Mutter von Johanna, sie auf der Straße zu beaufsichtigen und zu führen. Der zwei Jahre ältere Bruder Hans-Christian, schweigsam und von noch undurchdringlicherer Gemütsverfassung als der Vater, blieb schon als Knabe tagelang von zu Hause fort, unternahm Angelausflüge, führte mit grimmigem Ernst im nahen Gehölz eine Bande Gleichaltriger zu allerlei Untaten an, und Johanna blieb allein zurück: unverstanden oder vielmehr nicht um ihre Meinung befragt – mit der zu großen, an ihr zerrenden Verantwortung für die Schwester.

Schon damals entwickelte sich ihre Vorliebe für eine Vertiefung in die Verflechtungen menschlicher Beziehungen, ein Interesse, das zu keinem Teil Anteilnahme war, das vielmehr allzu früh rechnete und zirkelte; nicht, um einen Vorteil zu erlangen, sondern um sich selbst über das Räderwerk der menschlichen Verwicklungen, über die Untiefen von Zuneigung und Ablehnung zu erheben. Kam Nelly, vor Schmutz starrend, aus dem Garten, war es Johanna, welche die Widerspenstige in die Waschküche bringen und säubern musste, aber sie verrichtete die Pflege an der jüngeren Schwester mit einer so nachsichtigen Kühle, dass es erschreckend anzusehen war. Kam Nelly von der Schule, ohne daran gedacht zu haben, das Gartentor hinter sich zu schließen, wies Johanna sie so unbeteiligt zurecht, als verhandle sie mit einer Fremden, und wenn die Schwester, ein unentwickeltes, im Grunde träges Kind, auf die Zurechtweisungen hin laut protestierte, fiel es Johanna nicht ein, mit der Unfolgsamen zur Mutter zu gehen und diese in ihrer Unzulänglichkeit vorzuführen: Sie wusste, dass die Mutter nicht Nelly, sondern sie tadeln würde.

Ihre Verstecke in den Bäumen und auf dem Speicher, von denen in den Tagebüchern oft die Rede ist, waren zu jener Zeit der einzige Weg, der Verantwortung für Nelly zumindest einige Zeit zu entrinnen. Dann saß Johanna Stunden um Stunden beschäftigt mit einem Buch, das ihren Verstand über sein Maß hinweg forderte, aber das Nichtbegreifen war köstlicher als alle Klarheit des Verstehens, war ein Vorausahnen und Hinüberblicken zu etwas anderem, das auf sie zu warten schien, das sich zwar nie ergreifen ließ, das aber vor ihr schwebte wie Früchte an einem fernen Baum.

Ihre Verstecke waren nicht einmal mit List gewählt. Meist saß sie in der Kastanie vor dem Haus, wo die Hauptäste in einiger Höhe eine Verzweigung bildeten, die wie ein Nest aus starken Armen war. Hier konnte sie ganze Nachmittage sitzen und lesen, die Blätter rauschten, und sie fühlte sich, als säße sie in einem Boot inmitten eines von Licht und Wind bewegten Meeres.

Der 27. August des Jahres 1911 war, wie die Witterungskalender verzeichnen, ein heißer Sommertag. Schon seit Tagen hatte die Wärme sich gesammelt. Da das offene Fuhrwerk, das Karl Gustav Böhme über die Landstraßen steuerte, keinerlei Schutz vor der Sonne bot, hatte Ernestine einen Schirm aufgespannt, um sich und die Kinder zu beschatten. Die Fahrt ging, wie Johanna in ihrem Tagebuch berichtet, nur langsam voran und bot, außer dem Blick auf abgeerntete Felder, die sich unter dem Schleier der Hitze gleichsam zusammenzogen, keine Unterhaltung. Hans-Christian, der als Halbwüchsiger an den Familienunternehmungen nur unwillig teilnahm, hielt, wie Johanna bemerkt, während der gesamten Fahrt seine neue Angelrute in der Rechten, als könne er im Straßenstaub einen unerwarteten Fischzug gewinnen. Nelly schlief. Die Mutter schwieg, ordnete wohl nur hier und da etwas an der Kleidung der Kinder und ließ Karl Gustav an tunlicher Stelle anhalten, um sich und den ihren aus der mitgebrachten Korbflasche eine Erfrischung zu verschaffen.

Auf den Feldwegen, die sie während des letzten Teils der Fahrt durchquerten, begegneten sie keinem Menschen. Nur eine schwarze Vogelscheuche, die inmitten eines Stoppelfeldes eine längst fortgebrachte Ernte zu bewachen fortfuhr, geriet in ihren Blick, wie Johanna, nicht ohne Hinweis auf die Unheimlichkeit solcher Begegnung, berichtet.

Endlich, nach einer Fahrt von Stunden, erreicht die Familie das weitläufige, mit einem großen Garten umgebene Pfarrhaus, in dem Meta, die ältere Schwester Ernestines, mit dem Pastor Wohnung hat und von wo aus schon so mancher Brief in Richtung Ulmbach gegangen ist. In der Vorfreude, die Entbehrte nach Monaten der Trennung wiederzusehen, zieht Ernestine die Kinder in den Garten, ohne an der Pforte geläutet zu haben; auf der länglichen Wiese, die sich hinter dem Haus dehnt, findet sie jedoch keine Seele und öffnet darauf die Tür zur Küche. Sie ist leer; nicht einmal Paula, das Mädchen, steht an den Töpfen. Auch die Diele, wo der Intarsienschrank des Urgroßvaters gegen die niedrige Balkendecke steht, ist verlassen bis auf ein paar Sonnenstrahlen, die, wie Johanna mit fast übertriebener Ausführlichkeit schreibt, den Raum teilen, als bewachten sie das Haus in der Abwesenheit der Pfarrleute mit stillem Blick. Da es plötzlich klopft, öffnet Ernestine die Tür, findet in ihr aber nur Karl Gustav, der das Fuhrwerk verstaut und die Pferde versorgt hat.

Ein besorgtes Gespräch wendet sich der Abwesenheit der Gastgeber zu und bewegt mancherlei Vermutung: Sind sie noch einmal fortgegangen, um eine Besorgung zu erledigen, etwas für die Einladung noch Nötiges zu verschaffen? Oder hat man sich gar, da das in den Briefen ausgetauschte Datum unzweifelhaft scheint, in der Zeit geirrt? Aber die Standuhr in der Diele, deren Pendel hinter dem Glas behäbig hin- und herschwingt, zeigt die gleiche Zeit an wie die goldene Uhr des Vaters, die dieser nicht ohne Stolz aus der Weste zieht.

Alles scheint verfahren und unglücklich; da plötzlich ertönen von der Chaussee her Rufe, Johanna öffnet die Tür, und in mittlerer Entfernung sieht die Familie nun zwei oder drei Kutschen auf das Pfarrhaus zufahren, besetzt mit Menschen. Sogleich ist der Bann gebrochen, man springt vom Wagen, läuft aufeinander zu, schon liegen die Schwestern einander in den Armen. Karl Gustav schüttelt dem Schwager, der ihm mit Stelzgang entgegentritt, die Hände. Wie konnte man vergessen, dass der Pastor heute am Sonntag seinen Schäfchen im Nachbardorf predigt! Mit dem Stolz, den familiäre

Nähe zu Amt und Würden vermittelt, hört Ernestine dem Schwager zu, der der Versammlung im Hineingehen eine Kurzfassung seiner Predigt wiederholt, einzelne gelungene Wendungen deklamiert und zugleich den Erwartungen des Gastgebers und Hausvaters zu genügen sucht, indem er ein Willkommen nach dem anderen ausspricht. Man sei hier in ein gastfreundliches Haus getreten, erklärt er, ein Haus, wo nicht nur das Glück seiner, des Pastors Familie, gültige Währung sei, sondern das der Gäste, ja, sogar, mit Gottes Hilfe, das aller Menschen. Dabei deutet er mit der ausgestreckten Rechten über die immer noch durch das Tor Nachströmenden. Ernestine, wenn ihr recht ist, kennt von all den vornehmen Fremden kaum die Hälfte …

Man tritt in den Garten, da für die Gäste in der Diele kein Platz ist; nun entdeckt Johanna die hinter einem Flieder verborgene Anordnung länglicher Tische, gedeckt für den Kaffee.

Der Pastor stellt Schwager und Schwester den anderen Gästen vor: Dieser Herr, ein dünner Mann mit Kneifer und grünem Sommerpaletot, ist Herr Bender, Gottlieb C. Bender, Schullehrer daselbst, dazu seine Gattin, eine mit heiterer Würde knicksende Dame im dunkelroten Kleid, dazu die frischen Mädchen Erika und Friederike, Letztere nur ein paar Jahre jünger als Johanna, die ja so herangewachsen ist seit ihrer letzten Begegnung; dies hier ist Frau Winkler, Agnes Winkler, seit Jahr und Tag verwitwet, aber vielfältig eingebunden in Wohltätigkeit und Fürsorge und nicht nur dem guten Kreis der Kirche, sondern auch denen tätiger Bildung angehörig, man könne sich mit ihr über viel, wenn nicht über alles unterhalten, wie er, der Pastor, mehr als einmal habe feststellen dürfen; daneben das junge Ehepaar von Grauhorst, der junge Herr, wie man sehe, tapferer Leutnant der Reserve und aus sehr gut berufener Familie; die gnädige Frau, eine schmale Blondine mit zusammengenommenem Blick, aus dem schönen Hamburg gebürtig, ins Hessische eingeheiratet nicht ohne Rückhalt, da sie hierher mancherlei familiäre Verbindung besitze; Herr von Reichenbach schließlich, mit erwachsener, noch unvermählter Tochter, die Gemahlin aufgrund des heißen Wetters leider unpässlich, man lasse vielmals entschuldigen; ja, es sei der nämliche Herr von Reichenbach, von dem er in seinem letzten Brief geschrieben habe, viel, sehr viel erwarte sich das Städtchen von seiner, Herrn von Reichenbachs, Wirksamkeit, da dieser, wie man wohl wisse, weder ganz ohne Vermögen noch ohne wohltätige Absichten sei – hier atmet der Pastor einmal tief durch, während der Angesprochene unbewegt lächelt – schließlich Herr und Frau von Sesenheim, vormals Besitzer der wohlsortierten örtlichen Apotheke und nun den verdienten Alters- und Ruhestand mit Gottes Hilfe hoffentlich noch recht, recht lange genießend …

So geht es eine Weile weiter, wohl vierzehn oder sechzehn Gäste stellt der Pastor vor, wobei er, wie Johanna nicht ohne Verwunderung bemerkt, den Vater stets als

Hoflieferanten anspricht, was nur bedingt der Wahrheit entspricht, da es eigentlich Johannas Großvater war, der einmal, vor längster Zeit, für den Kaiser hat arbeiten dürfen.

Als die Reihe der Vorzustellenden sich dem Ende nähert, fällt Johannas Blick auf einen älteren Knaben, der sich bislang, vielleicht aus Zufall, vielleicht aus Absicht, im Hintergrund gehalten hat. Der Junge ist vielleicht zwei Jahre älter als sie, trägt einen Sommeranzug und hat schwarzblaues, südländisch gescheiteltes Haar. Sein schmales Gesicht zeigt jene dunkle Färbung, wie sie entweder langer Aufenthalt in der Sonne hervorbringt oder angeboren ist. Der Knabe blickt, seit sie ihn entdeckt hat, nicht zu ihr hin, sodass sie seinen schwarzen Augen nachgehen kann, die sich, nicht dem Gespräch, sondern offenbar unsichtbaren Gedanken folgend, mal hier- und mal dorthin wenden. Gerade ist sie zu dem Ergebnis gelangt, dass dieser Stutzer nicht nur ein exotisch dreinblickender, sondern auch recht nervöser Knabe sei, da wendet er sich ihr zu. Da die schwarzen Augen sie zu fixieren beginnen, begreift sie endlich, dass sie ihren so schlecht beleumundeten Vetter Theodor vor sich hat und dass der Mann neben ihm niemand anderer ist als der altbekannte Onkel Sigmund, Mamas Bruder. Mit Mühe hält sie dem Blick des Knaben stand, der plötzlich nicht mehr unruhig ist, sondern starr wird, sie herausfordernd fixiert, bevor Johanna die Augen abwendet, nicht ohne sich zu sagen, dass derlei Spiele etwas für Knaben sein mögen.

Endlich stellt Onkel Sigmund sie einander vor, ruft Theodors lange Abwesenheiten in Erinnerung, die sich daraus erklären, dass er seit dem achten Lebensjahr das Internat besuchte und für Familienfeste daher gar keine Zeit hatte; nun aber, durch glückliche Fügung, sei der Moment gekommen, wo Cousin und Cousine einander kennenlernen sollten. Während dieser Rede blickt Theodor, obwohl er direkt vor Johanna steht, schräg zur Seite, als ginge das Gesagte über ihn hinweg. Als der Onkel sie beide auffordert, einander die Hand zu geben, hebt er sie langsam, ergreift die Johannas mit spitzen Fingern und blickt ihr sekundenlang in die Augen, ohne ein Wort zu sagen. Dann ist er verschwunden.

Man geht zu Tisch. Da keine Sitzordnung festgelegt ist, werden die Böhmes zusammen mit dem Pastor am Kopf der Tafel platziert. Links neben Johanna sitzt Nelly, ihr gegenüber der Pastor und Meta; der Platz rechts von ihr bleibt frei. Plötzlich nimmt Theodor neben ihr Platz, ohne herzublicken.

Sofort, als sei man mit einem Plan in Verzug, werden nun Kuchen und Torten aufgetragen und Kaffee und Tee in geblümten Porzellankannen herangebracht. Den Kindern wird Limonade angeboten, die Johanna durstig nimmt. Theodor weist das Erfrischungsgetränk zurück und lässt sich stattdessen ebenfalls Kaffee bringen, den er, wie Johanna aus dem Augenwinkel beobachtet, mit abgespreiztem kleinem Finger trinkt.

Die Gespräche an der Tafel gehen hin, indem man familiäre Begebnisse tauscht, sich über Geburten, Sterbefälle, Heiraten und größere Anschaffungen unterrichtet. Wieder führt der Pastor das Wort, da er seine Beredsamkeit trotz der Rolle des Gastgebers, die von ihm eigentlich Zurückhaltung verlangt, nicht künstlich zu mindern vermag.

Die Hitze dauert fort und verursacht Johanna, obwohl sie ein Sommerkleid trägt, manche Pein; auch der Vetter scheint unter ihr zu leiden, denn immer wieder zieht er ein Taschentuch aus der Hosentasche und wischt sich damit, halb zu Boden gebeugt, über Stirn und Schläfen. Wohl eine Stunde geht so dahin, durch den Verzehr des Kuchens und das Trinken des Saftes nur unvollkommen gefüllt. Während die Erwachsenen immer lebhafter werden, das Gespräch sich Anekdoten aus der Studentenzeit des Pastors zuwendet, die dieser mit Atemlosigkeit zum Besten gibt, spürt Johanna in sich eine lähmende Langeweile aufsteigen, in der, wie sie schreibt, unscheinbare Details der Kaffeetafel – eine Wespe, welche die Kuchenkrümel umkreist, die kunstvoll, aber auf irgendeine Weise schwermütig ausgezogene Papierspitze unter der Tortenplatte, die umständliche Faltung der Servietten – sie mit quälender Genauigkeit beschäftigen. Versuche der schräg gegenübersitzenden Frau Winkler, sie in ein Gespräch zu verwickeln, wehrt sie ab, da sie das nach kurzer Zeit unabweislich Verhörhafte solcher Unterhaltungen fürchtet.

Da Nelly auf ihrem Stuhl endlich nicht mehr ruhig zu sitzen vermag, erlaubt die Mutter ihr, die Tafel zu verlassen und bestimmt Johanna dazu, sie zu beaufsichtigen; sie mögen nur frei den Garten erkunden, ihn aber ausdrücklich nicht verlassen. Seufzend, aber erleichtert erhebt sich Johanna und zieht die Schwester mit sich; dabei bemerkt sie, dass am anderen Ende der Tafel nun auch Erika und Friederike aufstehen. Man ist also zu dritt und kann, Nelly einbeziehend, manches Spiel treiben, um den Nachmittag herumzubringen. Mit Friederike, auch eifrige Bücherleserin, hat sie schon bei anderen Festen Reimspiele gemacht und mit ihr gesungen, und die etwas jüngere Erika hat sie als still und gutmütig in Erinnerung.

Nachdem die Mädchen einander begrüßt haben, schlendern sie durch den Garten, der, indem er hinten in Obstwiesen und eine Art Wildnis übergeht, sehr weitläufig scheint; links wird er von einem Bach bestrichen, in den man, wären da nicht das gestärkte Kleid und die ungestüme Schwester an der Hand, die Füße tunken wollte. Gottlob gibt es noch mehr Anziehendes: Rechts, unter einer alten Eiche, steht ein halb verfallener Pavillon. Mit Mühe öffnet Friederike die in rostigen Angeln schwingende Tür, und die Mädchen betreten ein Oktogon aus hölzernen Bänken, in dem es nach alter Ölfarbe riecht. Was soll man nun beginnen? Nelly will nicht schon wieder sitzen und daher sind stille Spiele ausgeschlossen; Fangen will sie spielen, Fangen, oder Verstecken wenigstens; ungeduldig springt sie auf der Wiese hin und her. Verstecken also, dafür ist der Garten immerhin groß genug. Friederike zählt ab: Eins, zwei, drei, vier, fünf, strick mir ein Paar Strümpf, nicht zu groß und nicht zu klein, sonst musst du der Haschmann sein.

Das Los fällt auf Johanna, und folgsam stellt sie sich, die Hände über den Augen, vor den Pavillon und beginnt zu zählen. Während des Aufsagens der Zahlen rückwärts von sechzig bis eins ist es ihr, wie sie in ihren Aufzeichnungen berichtet, einen Augenblick lang, als träte sie aus dem hitzigen Grün des Gartens in eine Dunkelheit, in welcher der Ablauf der Zeit und das Spiel plötzlich ohne Bedeutung sind.

Endlich ist die Minute herum und Johanna öffnet die Augen. Nur mit Überwindung bringt sie die Kraft auf, die freudig erwartete Suche nach den Mädchen zu beginnen. Von der Kaffeegesellschaft klingt Gelächter herüber. Seufzend beginnt sie damit, hinter Stämme zu sehen, Büsche auseinanderzuschieben und sich so immer weiter vorzuarbeiten, vom Hause weg und in den zunehmend wilden Garten hinein. Die Mädchen sind gut versteckt oder haben, wie Johanna vermutet, gegen die verabredete Regel verstoßen, sich nicht im Haus und auch nicht im Vorgarten zu verbergen. Immer weiter dringt sie vor, und die reinlich mit Kies ausgezogenen Wege verwandeln sich in ein Labyrinth krummer Pfade, die zwischen hohen, mit Efeu bewachsenen Pappeln hin und her taumeln. Spinnweben spannen sich zwischen Dornengestrüpp, und die Sonne ist nur noch in Flecken gegenwärtig. Während Johanna Zweige beiseiteschiebt und unter gestürzte Baumstämme blickt, erfasst sie ein Gefühl von Sinnlosigkeit; längst hat sie begriffen, dass sie weder Nelly noch die Schwestern in diesem abgelegenen Teil des Gartens finden wird, mag aber nicht davon lassen, immer weiter vorzudringen und kleidet ihre Neugier vor sich selbst in eine Mischung aus Gewissenhaftigkeit und Ergebung. Es geht weiter, immer weiter, denkt sie undeutlich, während sie nun an einem alten Gewächshaus vorbeikommt, das mit Schlingpflanzen gefüllt ist, die sich an die Scheiben drängen, als wollten sie diese im nächsten Moment zersprengen. Seine Tür steht offen.

Immer noch die Grille des Versteckspiels aufrechterhaltend, tritt Johanna auf die Schwelle und blickt ins Innere. Ein hitziger Dunst schlägt ihr entgegen, in dem sich Blütengeruch mit etwas Fauligem, Erdigem mischt. Meterhoch winden sich Knöterich und Wilder Wein an halb zerfallenen Stellagen hinauf, und der Boden, einst mit Steinplatten gepflastert wie ein Schachbrett, ist von Unkraut durchkreuzt und von Moos überkrochen. Von den schrägen Glasdecken hängen Luftwurzeln wie weiße Bärte. Schnecken winden sich das Glas hinauf.

Ihren ganzen Mut zusammennehmend, tritt Johanna über die Schwelle, einen Schritt nur, langsam, aber dann immer weiter. Die grünliche Dunkelheit ist kühler als gedacht; man kann hier wohl sein, es ist, wie der Urwald sein muss in Borneo, von dem das Erdkundebuch zu erzählen weiß. Schwirren nicht Papageien durch die Mangroven? Regen sich nicht Schlangen im Unterholz? Während sie nach oben blickt, stolpert sie über eine Eisenstange, aber im letzten Augenblick kann sie den Sturz abfangen. Rechts hinten gibt es, wie sie bemerkt hat, fest ummauerte Räume, das will sie erkunden. Hochbeete brechen von Vogelmiere, dann folgt Gestrüpp vom Vorjahr, in dem verlassene Vogelnester schweben. Sie tritt heran an eines der Nester, dessen Unterseite einem Trichter ähnelt. In dem Moment, da sie in das Innere blicken will, schreckt ein Geräusch sie auf.

Sie fährt herum und erblickt in der Tür eine Gestalt. Sekundenlang bleibt sie stehen in der Dunkelheit, dann, mit langsam schmelzenden Bewegungen, fällt sie aus der Starre. Es ist Theodor. Der Vetter blickt ihr entgegen mit einem Ausdruck, in dem sich Erleichterung und ein aufgestörtes Gewissen mischen, als habe Johanna ihn bei einer Heimlichkeit betroffen. Sein Haar ist wirr, sein Gesicht glänzt von Schweiß, und sein Sommeranzug zeigt dunkle Flecken. In der Linken, deren Finger sich zusammenkrümmen, hält er das Taschentuch.

Wohl eine halbe Minute stehen Johanna und Theodor voreinander, ohne etwas zu sagen. Dann, indem sie den nie übertrefflichen Takt ihrer zwölf Jahre zusammenruft, tritt Johanna, ein Lächeln bewegend, vor den Vetter, berührt seine Brust mit dem Zeigefinger und sagt: Ich hab dich.

Die milchfarbene Haut der Türen

Es war keine Eroberung, eher eine Rückkehr. Obwohl wir das Haus nie zuvor gesehen hatten, wirkte es nur allzu vertraut. Wie von selbst öffneten sich die fensterlosen Kammern im Dach mit ihrem empörenden Unrat, wie von selbst strichen unsere Finger hin über Treppengeländer, Türklinken, Fenstergriffe. Selbst der Staub roch heimatlich. Ich war in Aufruhr. Was taten wir hier eigentlich? Schon der Wechsel in diesen abgelegenen östlichen Stadtteil war kühn genug gewesen; dass wir uns jetzt auch noch Zimmer aufhalsten, die wirkten, als sei in ihnen viel, allzu viel geschehen, musste mich verunsichern. Wäre alles mit rechten Dingen zugegangen, hätten wir nun eine Aufräumung begonnen, einen Großputz – die Mittel also, derer man sich versieht, wenn man sich zu einer Renovierung nicht entschließen kann.

Doch nicht einmal dazu hatten wir die Kraft. In den ersten Tagen saßen wir nur herum in dem verwilderten Garten, versuchten vergeblich, auf dem altersschwachen Gasherd Tee zu kochen und nahmen mit Grauen wahr, wie die Tage kühler wurden, die Schatten wuchsen. Dass wir es versäumten, am Gartentor ein Namensschild anzubringen, uns wenigstens mit einem handgeschriebenen Zettel zu verankern auf diesem unsicheren Grund, muss ich nicht erwähnen. War es nur Nachlässigkeit, dass wir diesen Schritt scheuten? Oder vollzogen wir mit ihm eine Absonderung, eine Flucht? Ich weiß es nicht; wenn ich über diesen Punkt nachdenke, regen sich Widerstände, Ungenauigkeiten.

Natürlich waren die Nächte kaum hinzubringen. Muss ich genauer werden? Muss ich ausbreiten, dass wir in den niedrigen Schränken im Flur zwar Laken und Bezüge fanden, die Bettwäsche aber klamm war und an der Haut klebte? Dass ich mich auf der teigigen Matratze kaum zu regen vermochte und dass das einzige Fenster im Schlafzimmer mit aller Kraft nicht zu öffnen war? Dass wir heimgesucht wurden von kindischem Spuk, von Geräuschen, Verdächtigungen, falschen Gedanken? Drückte ich auf einen Lichtschalter, dauerte es eine Ewigkeit, bis die Glühbirne aufflammte, und drehte ich einen Wasserhahn auf, begann ein Gurgeln und Stöhnen, bis aus ihm erst braunes, dann graues und schließlich klares Wasser strömte.

Man sieht schon, wenn ich auf diese Zeit zu sprechen komme, beschreibe ich nicht Sachverhalte, sondern Zustände. Dahin aber kommt es mit einem, wenn man den Grund aller Entschlossenheit zu verlieren begonnen hat, wenn man sich einzulassen beginnt mit Halbheiten. Die Haustür schließt nicht ganz, kann jedenfalls nicht abgeschlossen werden oder nur unter unverhältnismäßiger Mühe? Warum sie nicht offen lassen, am Ende auch nachts, es geschieht ja nichts. Ein Keller ist unzugänglich und es gibt keinen Schlüssel für ihn? Was tut es am Ende, wir brauchen ihn nicht und verschließen die Augen vor dem, was er bergen mag. Die

Leiter zum letzten, obersten Speicher hat fingerdünne Sprossen und trägt kaum ein Kind? Wir verzichten auf den Aufstieg und überlassen die oberen Regionen sich selbst.

Bald schon spüren wir einen Widerstand, einen Vorbehalt, wenn kleine Reparaturen notwendig sind, und zugleich ist da eine neue Ängstlichkeit, wenn es um Einkäufe geht, Besorgungen, Gänge. Wir schieben sie auf, warten zu, begnügen uns mit dem, was in den Schränken ist. Sparsamkeit, Vorsicht, behutsames Wägen und Wünschen werden uns zur zweiten Natur; bald strecken wir nicht nur die Vorräte, sondern auch die Zeit. Ein ewiges, immer weiter sich dehnendes Verschieben beginnt, aus heute wird morgen, aus morgen nächste Woche, und am Ende ist jeder Tag St. Nimmerlein. Auch aus zum zweiten Mal aufgebrühtem Tee lässt sich Schweigen saugen, Kontemplation, und welches Gespräch gewänne nicht an Tiefe durch Hunger. Verzicht rafft zusammen, bündelt den Menschen auf einen Punkt – jenen letzten Punkt, auf den es ankommt, so sagte das Haus, so legte es uns nahe. Du liebst weiche Speisen, warm, süffig soll dir alles eingehen, ganz ohne Widerstand? Was für Unsinn; du bist ja ein Genüssling, ein Kind; schau nur, wie viel Männlichkeit und Sammlung dir zufließen durch kühle Räume, harte Speisen, festen Grund. Du glaubst, dir Komfort verschaffen zu müssen, Erleichterung, Behagen? Übe dich darin, steile Treppen zu steigen, die Zugluft zu ertragen, die Verspätung, das Zwielicht. Mit jedem Frösteln werden deine

Gedanken schärfer, jeder Ekel treibt dir Erkenntnis zu, letzte Wahrheiten werden dir ergreifbar in deiner Erschöpfung. Nur das Gefängnis verschafft dir Freiheit, nur Druck erleichtert dich; alles, was dich presst und bannt, mehrt deine Tiefe.

So gingen wir durch die Zimmer, so waren unsere Tage. Das verschossene Rosa der vorderen Kammer strahlte von Tag zu Tag heller, das Laub in den Winkeln, am Anfang beäugt mit Argwohn, erschien uns bald wie Schmuck, und endlich wollten wir weder das Quietschen der Türen missen noch das Knacken der Stufen. Wir scheuten nun jeden Beginn, jeden Anfang. Längst träumten wir von einem Gleichmaß aller Verrichtungen, das am Ende münden würde in ewigen Stillstand. Was du tust, hast du immer getan, was du beginnst, ist schon zu Ende; jedes Zögern ist Wiederholung. Deine Kreise sind klein, immer kleiner. Die Wände sind dir nah, die Tapeten, die milchfarbene Haut der Türen, die Kühle der Spiegel. Du kauerst, hockst, schleichst, wartest in den Winkeln. Längst geht es nicht mehr um das Schweigen, sondern um die Stille. Nun gilt es, nichts zu verpassen, kein wanderndes Licht auf der Scheuerleiste, kein Flirren von Blätterschatten, keine Rötung der Luft. Trotz deiner Erschöpfung bist du gespannt. Du wartest auf das, was das Haus bereithält, gierst nach seinen Eröffnungen. Jetzt kann es dir alles erzählen. Jetzt hörst du ihm zu, und es widerlegt alle deine Einwände. Korridore öffnen sich, Wörter flattern über die Flure, ein Lächeln kichert dir zu. Natürlich geht es nicht um den Staub, den Schmutz, die Zerrüttung; nie ist es darum gegangen, auch die Stille war nur Vorwand. Glaubst du, deinem Begreifen, deinem Verstehen wurde all dies hier aufgerichtet? Nichts wurde aufgerichtet, nie, es gibt keine Zwecke. Alles widerfährt dir nur. Keine Sekunde lang war das Haus ein Spiegel. Warum gehst du nicht fort? Warum sitzt du im Winkel und hungerst und wagst nicht zu atmen?

Wir wissen nur wenig. Schon wie ein Flecken Rot auf einem Stapel Bretter mit dem Grau des Holzes zusammengeht, ist dunkel. Die Sprache der Gräser vor der Terrasse, die sich gelb wiegen im Novemberlicht, übersetzt niemand. Ein Tropfen teilt einen Spiegel Wasser, aber er rührt nichts auf. Füße setzen sich auf schlammigen Grund, Hände winden sich um Stämme. Du atmest flach, du suchst nach Worten. Du stehst nicht auf, du träumst Vergangenheiten nach, Vorwegnahme und Erinnerung sind dir gleich.

Ein Herbsttag, schon verdämmernd. Kein Wind, fahle Luft. Ich streiche um das Haus, schiebe Ranken beiseite, kämpfe mich durch Spinnweben. Du sitzt auf einem Stuhl seitwärts, starrst in ein Buch. Der Tee ist kalt. Du blickst nicht auf und wendest keine Seite. Ein Kreischen dringt von der Straße her, maschinell, wie ein Missgeschick. Stimmen hören wir nicht, die Hecke schützt uns vor jedem Blick. Ich stehe neben dir. Alles fühlt sich falsch an, aber gerade aus der Falschheit sauge ich Trost. Wieder verweist der bittere Geschmack auf der Zunge auf das Haus, das Haus. Wie lange haben wir es nicht mehr verlassen. Ich versuche eine Bemerkung, aber sie gleitet ab. Du gehst über sie hinweg, starrst auf das Buch. Du bestehst darauf, nichts mehr zu beginnen, nie, verharrst in der Erwartung der leeren Seiten vor dem Titel, blätterst nicht weiter. Warum die Schwelle überschreiten. Warum enttäuscht werden durch etwas, das stets kleiner ist als die Erwartung. Warum am Abend zu Bett gehen, wenn man am Morgen wieder aufstehen muss.

Dein Finger streichelt die leere Seite, betastet das Nichts, suhlt sich im Schweigen. Ich lächle dir zu, einverständig. Man kann etwas an jemanden wenden, ohne dass er es begreift. Man kann Vorsorge treffen im Hinblick auf Unmöglichkeiten. Man kann Samen legen zu dem, was zum Verdorren bestimmt ist. Ich kaue die Bitterkeit, wälze sie von links nach rechts, spüre ein Ziehen im Rücken, atme aus. Noch ist nichts entschieden. Noch könnte dem Zögern der Aufbruch folgen. Siehst du nicht, dass wir genau deshalb hier sind? Teigig ist die Matratze, weil ihr Teig zum Aufgehen bestimmt ist, weil uns etwas blüht. Zwei Verneinungen, zwei Minuspole heben sich nicht auf. Im Schatten ist Licht, in der Enge Weite. Verharren, Zuwarten, Sparsamkeit sind weder Tugenden noch Laster, weil es beides nicht gibt unter diesem Gras. Ich spüre etwas in meiner Hand, eine Ranke. Sie windet sich zu mir empor mit weichen Stacheln, und während ich sie liebkose, steigt aus dem Gras unter mir ein weicher, flirrender Duft empor.

Das mit Rüdiger und den Tauben

Das mit Rüdiger ist vorbei, ich gehe nicht mehr hin. Anna meint auch, mit den Tauben hat Rüdiger den Bogen überspannt. Was zu viel ist, ist zu viel, sagt sie und klopft ihre Sneakers gegeneinander, dass es knallt.

Ich kenne Rüdiger seit ewigen Zeiten, schon aus der Schule. Ich weiß, das allein wäre kein Grund, den Kontakt zu ihm aufrechtzuerhalten. Wer sieht schon ständig Leute, mit denen er mal Abitur gemacht hat?

Rüdiger war kein guter Schüler. Nur manchmal ging seine Genialität mit ihm durch, etwa, als in Mathematik das mit den Folgen und Reihen drankam. Ich habe davon nichts mehr im Kopf, ich weiß nur noch, dass Rüdiger die Formeln, um die es ging, als erster begriff – nein, nicht begriff, sie sozusagen schon kannte. Ist doch sonnenklar, sagte Rüdiger, ging zur Tafel und schrieb auf, was aufzuschreiben war. Dabei kräuselte ein Lächeln sich in seinen Mundwinkeln, das berüchtigte Rüdigerlächeln, das keiner von uns leiden konnte, das aber wohl eher Verlegenheit war als Arroganz.

Ich brauche nicht zu sagen, dass Rüdiger keine Freundin hatte, dass er die falschen Schuhe trug und die falsche Musik hörte. Obwohl ihm nichts daran lag, war er der klassische Außenseiter. Einmal brachte er in der Kleinen Pause einen Tauchsieder mit, um sich Earl Grey zu kochen. Dabei kräuselte sich das Rüdigerlächeln in seinen Mundwinkeln.

Dennoch war ich mit Rüdiger befreundet. Mit wem auch sonst? Auf meine Art war ich ebenso ein Außenseiter wie er, nur für die Mathematik weniger begabt und vielleicht nicht ganz so sorglos beim Gebrauch von Unwörtern. In dem Alter, um das es hier geht, ist es keine Kleinigkeit, wenn man Ausdrücke benutzt wie schwelgerisch oder halbseiden oder – das Schlimmste von allen – träumerisch. Mir ist heute so träumerisch zumut, sagte Rüdiger allen Ernstes, schob die braunen Locken zur Seite und blickte sich beifallsheischend um. Rüdiger erwartete Beifall für Originalität und lag damit so falsch, wie es nur ging. Originell war außer ihm niemand an der Schule, nicht einmal die Lehrer.

Rüdiger und ich stellten damals allerhand an – was, will ich lieber nicht erzählen, ich will nur sagen, dass dabei Kupferspulen zum Einsatz kamen, Heliumflaschen, Kartons, Kabelbinder und sehr viel Farbe.

Das mit Rüdiger und den Kartonagen und Heliumflaschen ging ein paar Jahre, bis die Schule vorbei war und wir uns zerstreuten. Rüdiger blieb wohnen, wo er immer gewohnt hatte: bei seiner Oma, die er Tante Meta nannte. Tante Meta trug eine blaue Kittelschürze, roch nach Vaseline und hatte ein Mietshaus am Rande der Stadt. Auf dem Speicher, das weiß ich noch, weil wir uns da immer zum Rauchen versteckten, nisteten Tauben, die Tauben des Untermieters Herr Verweege – Verweege mit zwei e, sagte er, wenn er sich vorstellte und dabei keuchte, denn Herr Verweege hatte Asthma. Aber, wie gesagt, die Zeit mit den Tauben und mit Herrn Verweege ging zu Ende. Ich zog in eine andere Stadt, begann zu studieren, fand neue Freunde und dachte nicht mehr an Rüdiger.

Anfangs schrieb Rüdiger mir noch. Er schrieb, dass er Mathematik zu studieren begonnen habe, dass er weiter bei Tante Meta wohne, nun aber im Souterrain, weil er sich dort besser ausbreiten könne. Ich fragte mich, was Rüdiger mit ausbreiten meinte, antwortete aber nicht.

Zehn Jahre später sah ich Rüdiger wieder. Ich musste die Wohnung einer verstorbenen Tante auflösen, suchte Abnehmer für schokoladenbraune Polstermöbel und fand keine. Fast hätte ich sie schon zur Deponie gebracht, da fiel mir plötzlich Rüdiger ein, das Vorstadthaus und das Souterrain. Ich rief ihn an, und er war sofort bereit, mir die Möbel abzunehmen – bei sich unterzustellen, wie er sagte.

Wir fuhren hinaus in die Vorstadt. Alles war wie immer. Rüdiger hatte sich ebenso wenig verändert wie Tante Meta oder Herr Verweege. Er studierte immer noch, schob das braune Haar, das an den Schläfen schon grau wurde, zur Seite und trank Earl Grey. Nur das Lächeln in seinen Mundwinkeln war verschwunden.

Seine Wohnung im Souterrain zeigte Rüdiger uns nicht. Vielleicht war keine Zeit mehr dazu; ich und Anna wollten am nächsten Tag nach Barcelona und mussten noch packen. Unnötig zu sagen, dass Rüdiger Anna überrascht ansah. Gut, man konnte sagen, ich hatte sie ihm verschwiegen. Aber was heißt verschweigen, wenn man nur zweimal im Jahr eine Postkarte tauscht? Anna mochte Rüdiger nicht, aber damit war zu rechnen gewesen. Als ich ihr das mit dem Helium erzählte, lachte sie.

Dann starb Tante Meta. Ich kann den Tod von Tante Meta nicht so schildern, wie man es müsste; Rüdiger hatte mich weder über ihr Sterben informiert noch zur Beerdigung eingeladen, ich erfuhr alles erst hinterher. Ob Rüdiger litt, ob er trauerte, weiß ich nicht. Fest steht nur, dass er das Vorstadtmietshaus erbte und nun von ihm leben konnte, was Rüdigers Lebensplan, wenn man von so etwas überhaupt sprechen konnte, entgegenkam.

Rüdiger beschloss, sein Studium zu beenden, aber das bedeutete bei ihm, einfach nicht mehr hinzugehen. Er blieb also zu Hause und schrieb mir wieder häufiger – dass Herr Verweege inzwischen in ein Heim gekommen sei, dass er, Rüdiger, die Tauben übernommen habe und dass er dabei sei, einen neuen Untermieter zu finden, denn so gehe es ja nicht mehr weiter. Was so nicht mehr weiterging, erzählte er nicht, und ich wollte es auch nicht wissen.

Dann, es war kurz vor Weihnachten, geschah es. Rüdiger rief an und bat mich, so schnell wie möglich zu kommen, es sei etwas passiert. Näheres sagte er nicht. Anna zog die Augenbrauen hoch und weigerte sich mitzukommen, also setzte ich mich allein ins Auto, hievte den frisch gekauften Weihnachtsbaum auf den Rücksitz und fuhr in die Vorstadt. Paul, unser Sohn, kam mit.

Tante Metas Haus stand unverändert hinter dem Jägerzaun; nur der Rasen war ungemäht, und die Büsche wucherten den Fenstern entgegen. Rüdiger öffnete; er sah müde aus, aber keineswegs verzweifelt. Auf seiner Schulter lag eine hellgraue Feder.

Zwei Stunden saßen wir mit Rüdiger in Tante Metas Wohnzimmer, und er sprach von Zahlen und Reihen. Er stehe, so schloss er nach einer Rede, die ich unmöglich wiedergeben kann, vor einem Durchbruch. Praktische, mit reproduzierbaren Methoden durchgeführte Experimente hätten die Fragestellung, mit der er sich seit zehn Jahren beschäftige, gelöst. Es gebe valide Hinweise darauf, dass das Einzelne, das Abgesonderte, eine Illusion sei, ein Denkfehler. Es gebe nur die Vielheit, die Menge, und sie sei nicht zusammengesetzt, sondern das Primäre, die Entität. Der Mensch sei nur deshalb nicht in der Lage, sie zu denken, weil er die Grenzen seines abgesonderten Selbst nicht zu überschreiten vermöge. Er, Rüdiger, habe diesen Schritt nun getan, und er wolle uns an ihm teilhaben lassen. Mit diesen Worten stand er auf und winkte uns mit dem Kopf, ihm zu folgen.

Paul hatte Rüdiger mit offenem Mund zugehört; es war das erste Mal, dass er dem Vortrag eines Erwachsenen länger als zwei Minuten folgte.

Ich weiß nicht mehr, wie wir da hinkamen, aber plötzlich standen wir vor der Tür des Souterrains und

Rüdiger schloss auf. Das Bild, das sich uns bot, lässt sich nur schwer beschreiben. Die hell beleuchteten, mit großen Ziffern unterteilten Kellerwände waren von oben bis unten mit toten Tauben bedeckt, Vögel in unterschiedlichen Graden der Verwesung, von noch vollständig gefiederten Exemplaren bis hin zu Skeletten. Ihre Schnäbel waren alle so ausgerichtet, dass sie auf den Betrachter blickten, und ihre Krallen umklammerten Rundhölzchen, an denen Papierfahnen mit Zahlen und Formeln hingen.

Rüdiger ging zwischen den Vögeln herum, ohne das, was wir sahen, zu erklären oder unsere Erstarrung zu bemerken. Er stellte sich an eine Tafel, die mit Formelzeichen bedeckt war und schrieb auf, was aufzuschreiben war. Als er sich uns zuwandte, sah ich, wie sich ein Lächeln in seinen Mundwinkeln zu regen begann.

Dünkel

Im Frühling des vorletzten Jahres mietete der pensionierte Justizvollzugsbeamte Joachim Dünkel eine Wohnung im Süden der Stadt. Den Umzug betrieb er nicht, um sich zu verbessern, sondern um Erinnerungen an seine im Vorjahr verstorbene Frau Sonja zu beschwichtigen. Der Umzug kam ihn schwer an. Obwohl oder vielleicht gerade weil das Grün an den Bäumen keimte und die Luft lau und mild wogte, fiel es ihm schwer, seine Gedanken auf die praktischen Erfordernisse des Umzugs zu richten. Immer wieder schob er das Ordnen und Verpacken des Hausrats, den eine fünfundzwanzigjährige Ehe angesammelt hatte, hinaus. Da gab es nicht nur die wohleingerichtete, von seiner Frau mit allerlei Kochwerkzeug ausgestattete Küche und das Wohnzimmer mit den vielen von Reisen mitgebrachten Souvenirs, sondern auch den Keller, in dem er seine Zeitschriftensammlung verwahrte und den Speicher, wo manches unbenutzte Erbstück auf erneute Ingebrauchnahme wartete.

Dünkel sah dies alles, seinen ganzen Besitz, an und bewegte Pläne, was davon zu behalten und was fortzugeben sei. Er konnte seine Überlegungen aber nie in die Tat umsetzen. Immer wieder ertappte er sich dabei, wie er, vor einem geöffneten Schrank oder einer aufgezogenen Schublade stehend, in ein unbewegliches Schauen verfiel, das einige Minuten andauerte und in dem er unbestimmten Gedanken nachhing. Es waren keine Überlegungen, die sich mit den Gegenständen vor ihm, mit dem Umzug oder gar mit dem Tod Sonjas beschäftigten, sondern Bilder, in denen er sich selbst in verfehlten oder peinlichen Situationen seines Lebens sah, Situationen, in denen er hätte handeln, eingreifen oder etwas sagen müssen, wo er aber nichts getan und geschwiegen hatte. Er lebte dies alles noch einmal durch, stellte fest, dass er, trotz Widerwillens und schlechtem Gewissen, nicht anders hatte handeln können, bekräftigte diese Erkenntnis mit einem ergebenen Nicken und hob dann wieder den Blick, um sich auf dem Speicher vor dem geöffneten Schrank oder im Wohnzimmer vor einer aufgezogenen Schublade wiederzufinden.

In besserer Stimmung gelang es ihm, das ziellose Wühlen und Kramen zu unterbrechen, sich auf den Balkon zu flüchten und sich dort hinter einer halb ausgelesenen Illustrierten zu verstecken; wenn er aber übel und traurig gestimmt war, konnte ein solches Stehen und Grübeln lange fortdauern, bis irgendeine Störung ihn aufschreckte und wieder in Bewegung setzte.

Einmal kam eine Nachbarin, Frau Bauer, auf den Speicher, um Wäsche zu hängen; da sie Dünkel vor seinen Schränken stehen sah, musste er sie von fern grüßen, führte den Gruß aber so matt aus, dass sie nach einer Weile zu ihm trat und ihn fragte, ob alles in Ordnung sei, ob er Hilfe bräuchte.

Dünkel beruhigte sie sogleich und versuchte, das Gespräch auf Hausangelegenheiten zu lenken, die Anordnung der Mülltonnen im Hof. Die Bauer wollte von den Tonnen aber gar nichts wissen, sondern erkundigte sich genau nach seinen Umzugsplänen, von denen ja überall die Rede sei.

Seufzend gab Dünkel die Erklärung ab, die er sich für solche Nachfragen zurechtgelegt hatte: Er brauche nicht mehr so viel Platz, er wolle auch die vier Treppen nicht mehr steigen; die kleine Parterrewohnung, die er sich ausgesucht habe in einem ruhigen Nachbarbezirk, sei einfacher zu pflegen und so fort.

Die Bauer nickte dazu, riss aber die Augen auf. Dann bot sie ihm Hilfe an bei der Aufräumung seines Inventars, der vielen Sachen, wie sie sagte. Dünkel lehnte ab und flüchtete unter dem Vorwand, er habe unten noch etwas auf dem Herd, in seine Wohnung.

Als der Umzugstag in immer größere Nähe rückte und Dünkel noch immer nichts geordnet oder vorbereitet hatte, erfasste ihn Unruhe. Er rief die Umzugsfirma an und erklärte der Sekretärin, etwas sei ihm dazwischengekommen; er müsse den Termin um zwei oder drei Wochen verschieben. Nachdem nach langem Gerede ein Tag im nächsten Monat festgesetzt worden war und er aufgelegt hatte, spürte Dünkel Erleichterung. Er trat vor den ovalen Spiegel im Schlafzimmer, nickte sich zu und legte sich angezogen auf das Bett. Die Luft, die durch das geöffnete Fenster strich, war warm. Dünkel beobachtete eine Fliege, die um den grünen Kelch der Deckenlampe Schleifen zog. Dann schlief er ein.

Eine Woche später war die Schlüsselübergabe in der neuen Wohnung, die Dünkel seit der Besichtigung im Januar nicht mehr gesehen hatte. Er erschien pünktlich, nahm den Hausschlüssel aus der Hand des Verwalters, eines jungen Mannes im senfgelben Sakko, entgegen und unterschrieb ein Protokoll, das den ordnungsgemäßen Zustand der Räume bestätigte. Der Vermieter wünschte ihm alles Gute für den Einzug und verabschiedete sich, da er noch andere Termine habe. Dünkel führte ihn hinaus und gab ihm die Hand.

Als die Tür sich geschlossen hatte, lauschte er auf die Schritte auf der Treppe, bis sie verklungen waren. Dann schritt er durch die leeren Zimmer, in denen ein bläuliches Licht umging.

Dünkels Wohnung war frisch renoviert, es roch nach Farbe. An den Decken hingen Glühbirnen, aber der Strom war noch nicht wieder eingeschaltet. In der Küche war die Ausstattung des Vormieters belassen worden: eine Spüle aus Edelstahl, ein Gasherd und eine in die Wand gebaute Speisekammer. Dünkel öffnete sie und sah, dass die Maler Farbdosen und eine Boulevardzeitung zurückgelassen hatten. Er schlug das Blatt auf und stellte fest, dass es vom Vormonat war; an die Ereignisse auf der Titelseite konnte er sich erinnern. Auf der dritten Seite fand er das Bild eines nackten Mädchens, das im Schneidersitz am Strand saß und in den Armen einen Wasserball balancierte. Unter dem Bild stand:

Gaby T., 22, genießt schon Sommerfreuden.

Dünkel schloss die Zeitung wieder und legte sie zurück in die Speisekammer. Dann trat er an die Spüle, drehte den Hahn auf und trank einen Schluck Wasser aus der hohlen Hand. Er wischte sich den Mund ab und ging in das Zimmer, das zur Straße gelegen war. Nachdem er das Fenster geöffnet hatte, blickte er hinaus, konnte aber durch den Kirschlorbeer, der davor wuchs, kaum etwas erkennen. Eine Frau mit einem Kinderwagen ging vorüber, die Räder knirschten auf dem Splitt. Dünkel schloss das Fenster wieder.

Er ging in das Zimmer, das zum Hof blickte. Hier roch es nach Essig, und ein alter Stuhl stand in der Ecke. Dünkel stellte sich einen Augenblick an die Wand dem Fenster gegenüber. Während sein Blick über das mit Farbspritzern befleckte Linoleum ging, fiel ihm das Wort besenrein ein und er stellte sich vor, wie der Vormieter es beim Ausräumen der Wohnung benutzt haben mochten. Dann setzte er sich auf den Stuhl und dachte nach, wie er das Zimmer einrichten wollte. Es gelang ihm nicht, sich eine Möblierung vorzustellen, aber er sagte sich, dass für solche Planungen ja noch Zeit wäre und alles sich schon finden würde. Schließlich stand er wieder auf, zog die Tür hinter sich zu und ging in den Keller. Er hatte in Erinnerung, dass sein Kellerverschlag, ein mit Bretterwänden abgeteilter Raum, sich hinten rechts befand und mit einem Vorhängeschloss gesichert war. Dünkel fand die Tür, öffnete und machte Licht.

Der Keller war leer bis auf ein Schränkchen rechts in der Ecke, das er bei der Besichtigung übersehen hatte.

Dünkel wollte es öffnen, stellte aber fest, dass es verschlossen war. An seinem Bund fand sich kein passender Schlüssel, und auch unter dem Möbelstück lag er nicht. Dünkel versuchte, das Schränkchen zu schütteln, aber es war fest an die Wand geschraubt.

Er verließ den Keller wieder, verschloss die Wohnung und fuhr nach Hause. In der U-Bahn bemerkte er einen Mann in einer Lederjacke, dessen Oberlippe durch eine Missbildung entstellt war. Nach einiger Zeit blickte der Mann zu Dünkel her; Dünkel blickte weg.

Zu Hause machte Dünkel sich ein zweites Frühstück mit Käsetoast und blätterte in der Werbezeitung, die er im Briefkasten gefunden hatte und in der Rasensprenger, Klappmöbel und Elektrogrills angeboten wurden. Während er seinen Schonkaffee trank, bemerkte er, dass die Blumenkästen auf dem Balkon leer waren. Er beschloss, Geranien zu kaufen.

Nach dem Frühstück ging er in den Park, setzte sich auf eine Bank und sah den spielenden Hunden zu. Eine junge Frau mit rotgefärbtem Haar und ärmellosem T-Shirt machte Übungen auf der Wiese; es sah aus, als bewege sie sich mit Absicht langsam. Ihre Achselhöhlen waren rasiert. Einmal, nachdem eine Übung fertig war, sah sie zu Dünkel hin, schien seinen Blick aber nicht zu finden. Dünkel zog seinen Taschenkalender hervor, um sich ein geschäftiges Aussehen zu geben. Während er blätterte und die wenigen Notizen in seiner schmalen Schrift betrachtete, fiel sein Blick auf den Umzugstermin. Er schloss den Kalender wieder und steckte ihn ein.

Danach suchte er ein Eisenwarengeschäft auf, um einen Dietrich zum Öffnen des Schränkchens zu erwerben. Als er vor dem Glastresen stand und der glatzköpfige Verkäufer sich ihm zuwandte, dachte er, wie eigenartig sich sein Wunsch anhören musste. Er verlangte statt des Dietrichs ein Fläschchen Schmieröl, zahlte und verließ den Laden.

In der nächsten Woche gelang es Dünkel, die Aufräumung seines Besitzes zu beginnen. Er ging alte Fachzeitschriften durch, die sich mit seinem Hobby, der Geschichte des Straßenbahnwesens, beschäftigten; um den Umfang des Materials zu verringern, schnitt er einzelne Artikel aus, datierte sie, heftete sie in einen Ordner und warf das übrige Papier weg. Während er die Zeitschriften durchblätterte, spürte er, wie seine alte Leidenschaft für die Straßenbahnzüge warm wurde und er sich an fast vergessene technische Details zu erinnern begann. Er nahm sich vor, wieder einmal das Verkehrsmuseum zu besuchen.

Am Ende der nächsten Woche rief die Sekretärin des Umzugsunternehmens an. Dünkel erschrak; er hatte nicht mehr an den Umzug gedacht. Er erklärte, wegen eines Arzttermins weg zu müssen und versprach der Angestellten, sie in den nächsten Tagen zurückzurufen.Am Nachmittag ging er wieder in den Park und sah den spielenden Hunden zu. Die Bäume waren grün geworden und warfen Schatten um Dünkels Bank. Er sah herum, ob die Frau mit dem roten Haar vielleicht gekommen sei, aber sie war nirgendwo zu entdecken. Dünkel blieb bis zum frühen Abend auf der Bank und ging erst nach Hause, als er sich müde fühlte. Auf der Treppe begegnete er Frau Bauer, grüßte sie kurz, ließ sich aber auf das Gespräch, das sie anfangen wollte, nicht ein. Abends blätterte er in seinen Straßenbahnartikeln, konnte für sie aber kein rechtes Interesse aufbringen und ging früh zu Bett.

Am nächsten Tag fühlte Dünkel sich unwohl; ein dumpfer Kopfschmerz pochte oberhalb der Stirnhöhlen, und obwohl es kühl geworden war, schwitzte er am Rücken. Er nahm ein Aspirin und blieb bis zum Mittag im Bett. Er maß sich das Fieber, konnte aber nur eine leichte Erhöhung feststellen.

Zum Nachmittag hin klangen die Beschwerden ab und Dünkel stand auf. Er ging zum Fenster und sah, dass ein leichter Regen das Pflaster sprenkelte. Er beschloss, sich etwas Bewegung zu verschaffen und in der neuen Wohnung nach dem Rechten zu sehen.

In dem Viertel, in dem die Wohnung lag, ging ein warmer Wind um. Als Dünkel den Hausflur aufschloss, kam ihm ein geschäftig aussehender Mann in einer Lederjacke entgegen. Dünkel überlegte, ihn zu grüßen, aber der Mann war schon weg. Einen Augenblick lang versuchte Dünkel sich zu erinnern, ob er nicht eine entstellte Oberlippe gehabt hatte.

In der Wohnung war alles unverändert. Dünkel ging zur Spüle, drehte den Hahn auf und trank einen Schluck Wasser aus der hohlen Hand. Dann öffnete er die Speisekammer, holte die Zeitung hervor und sah sich das Mädchen mit dem Wasserball an. Ihre Haltung war anders, als er sie in Erinnerung gehabt hatte. Er überlegte, ob das Mädchen der Frau im Park glich, konnte aber keine Ähnlichkeit feststellen.

Dünkel schloss die Zeitung wieder und legte sie an ihren Platz. Dann trat er in das hintere Zimmer und setzte sich auf den Stuhl. Sonnenstrahlen zeichneten ein Parallelogramm auf das Linoleum. Dünkel bemerkte, dass der Essiggeruch verschwunden war und dass die Fenster gegenüber nun andere Gardinen trugen, hellgrün statt weiß. Er zog seinen Kalender hervor und suchte nach dem heutigen Tag. Nachdem er ihn gefunden und angekreuzt hatte, steckte er das Büchlein wieder ein. Da er sich müde fühlte und der Kopfschmerz langsam zurückkehrte, schloss er die Augen. Nach einer Minute stand er auf, ging in die Küche und deponierte das Schmieröl auf der Spüle. Er entschied, das Ölen der Türen, das er geplant hatte, beim nächsten Besuch zu erledigen, wenn er etwas ausgeruhter wäre.

Er verschloss die Wohnung und trat den Rückweg an. Auf dem Weg nach Hause machte er Halt bei einem Blumengeschäft in der Nachbarschaft. Er sah sich die Auslagen der Topfpflanzen an. Dann kaufte er Geranien für den Balkon.

Das Inventar

Zum Ausgang des vorigen Jahrhunderts ist im Holsteinischen der Nachlass eines Künstlers aufgelöst worden, eines Malers, der während seines ganzen Lebens kein einziges Bild verkauft oder ausgestellt, der aber dennoch die Malerei zum vollen Lebensinhalt gehabt hat.

Von diesem Maler, von seinem Haus unterhalb eines Deiches und von den Bildern, die es barg, erfuhr ich zufällig, als ich in der Nähe mit Recherchen zu einem Artikel beschäftigt war. In einem Wirtshaus, wo ich mich bei einem Mittagessen stärkte, stieß ich auf einen jungen Mann, der an einem kleinen Tisch saß und auf etliche vor sich ausgebreitete Papiere blickte. Ich kam mit dem Unbekannten ins Gespräch, als dieser den Wirt um einen Schreibstift anging und ich ihm, näher sitzend, einen Kugelschreiber lieh.

Der Fremde sah gar nicht aus wie ein dörflicher Kneipenbesucher, eher wie ein über Land reisender Vertreter. Er trug ein dunkelgrünes Sakko zu grauschwarzen Hosen, ein weißes Hemd über einer roten Krawatte und braun glänzende Schuhe; neben ihm stand eine Aktentasche.

Im Laufe unseres immer lebhafteren Gespräches erfuhr ich, dass er Kunsthistoriker war und von den Erben eines soeben verstorbenen Malers, einer vermögenden Familie aus Hamburg, für die Inaugenscheinnahme eines Nachlasses in das abgelegene Dorf bestellt worden war. Nun wartete er auf seine Auftraggeber und war damit beschäftigt, Fotos, die Arbeiten des Künstlers zeigten, einer letzten Prüfung zu unterziehen. Er gab mir eins der Bilder dann in die Hand: Es zeigte die Tür einer Hütte inmitten einer von unregelmäßigen Flecken durchsetzten Bretterwand, die sich links und rechts des Bildrandes fortsetzte und an ihrer Unterseite von einem schwachen, ockerfarbenen Steinsockel befangen wurde. Darunter stieg Gras empor, rechts war ein löchriger Zinkeimer abgestellt, und neben ihm lehnte eine Schaufel. Das Bild war genau gemalt, fast fotographisch getreu, konnte aus Gründen, die mir nicht ganz klar waren, mit einer Fotografie aber dennoch nicht verwechselt werden.

„Ein dörflicher Spätrealist", urteilte der Kunsthistoriker, während er durch die Fotografien blätterte und mir gleichzeitig erklärte, dieser Stil verkaufe sich zwar wieder besser, es bedürfe aber einer sorgfältigen Wahl der Motive und vor allem eines gewissen Namens am Kunstmarkt. Von diesen beiden Voraussetzungen sei hier jedoch keine erfüllt, und so blicke er einer monetären Verwertung dieses Nachlasses mit Skepsis entgegen. Warum er mir gegenüber solche Auslassungen machte, kann ich nicht sagen; vielleicht verrieten meine Blicke das Interesse des Kunstliebhabers, vielleicht war es aber auch nur Gefallsucht, die diesen noch jungen, etwas fahrig wirkenden Mann dazu bewog, seine beruflichen Angelegenheiten gegenüber einem Fremden auszubreiten. Ich weiß noch, dass ich immer wieder auf seine rötlichen Hände blickte, welche die kleinen Polaroidbilder wie Spielkarten auf dem Tisch hin- und herschoben in einer traumverlorenen Bewegung.

Als sich der Mittag in den Nachmittag wendete, saßen wir noch immer am Wirtshaustisch. Die Erben aus Hamburg hatten sich verspätet, und längst hatte sich eine Stimmung aus Enttäuschung und Müdigkeit breitgemacht. Ich hätte aufbrechen müssen, denn im Grunde ging mich das alles nichts an; dennoch hielt etwas mich zurück. Endlich klingelte das Telefon meines Gesprächspartners. Er zog es aus der Aktentasche und meldete sich, plötzlich in einen geschäftsmäßigen Ton fallend, mit Grünberger. Ich drehte mich zur Seite, um ihn frei sprechen zu lassen, konnte das Gespräch aber doch mit anhören. In Abänderung ihres ursprünglichen Plans hatten die Hamburger Erben das Haus mit dem Nachlass bereits aufgesucht, riefen nun von dort aus an und bestellten Grünberger unverzüglich dorthin. Unter Zuhilfenahme von allerlei Merkzeichen ließ er sich den Weg erklären und beeilte sich, sein Kommen zuzusagen.

„Begleiten Sie mich doch", sagte er, während er seine Papiere zusammenzuräumen begann, „kommen Sie doch einfach mit, wenn es Sie interessiert."

„Ich habe mit der Sache doch gar nichts zu tun", wandte ich ein, „und außerdem, was sagen ihre Erben dazu?"

„Sie sind ein befreundeter Galerist", stellte Grünberger

fest und zwinkerte mir verschwörerisch zu. Dann rief er nach dem Wirt, um zu zahlen.

Ich dachte nach. Genaugenommen hatte ich keine Zeit, andererseits hörte die Geschichte sich interessant an, und jemand, der für eine kleine Zeitung schreibt, kann es sich nicht leisten, auf eine interessante Geschichte zu verzichten.

„Ich komme", sagte ich und stand auf.

Das Haus des Malers, eine Kate mit moosüberwachsenem Reetdach, stand direkt hinter einem Deich und war umgeben von einem schiefen Zaun. Der Vorgarten war verwildert; nur hier und da mischten sich Reste eines Blumengartens mit Brennnessel, Löwenzahn und wilder Brombeere. Die Gartenpforte stand offen; neben ihr parkte eine silberfarbene Limousine mit Hamburger Kennzeichen.

Wir gingen auf die niedrige Haustür zu; Grünberger hatte das Sakko zugeknöpft und eine aufrechte Haltung angenommen. Auch ich versuchte, mir ein geschäftsmäßiges Aussehen zu geben.

Mein Begleiter drückte den Klingelknopf, aber die Glocke schien nicht zu funktionieren. Grünberger rief ins Innere, von wo undeutlich Stimmen herüberklangen. Kurz darauf erschien im Türrahmen eine Frau von etwa sechzig mit hochgetürmter Föhnfrisur im eisgrauen Kostüm; vor ihrer Brust wölbte sich ein lachsfarbenes Seidentuch. In der Linken hielt sie ein ungerahmtes Gemälde.

„Dr. Grünberger? Kommen Sie bitte gleich rein. Ist das Ihr Assistent?"

„Herr Goldner, Galerist aus Kiel", log Grünberger. „Vielleicht ein Käufer für Sie, Frau B. Er ist spezialisiert auf norddeutsche Realisten."

„Schön", sagte die Angesprochene und ging einfach ins Haus.

Ein Geruch nach ungelüfteten Schränken schlug uns entgegen. Die Räume waren niedrig und dicht möbliert. Nach einigen Biegungen gelangten wir in ein längliches Zimmer, das mit alten Möbeln gefüllt war. Die Fenster blickten auf eine hüfthohe Wiese mit Obstbäumen. Rechts war eine Wand mit Büchern, Zeitschriften und Ordnern, und in der Ecke bei einer Stehlampe bückte sich ein beleibter Mann über einen Sekretär. Bei unserem Eintreten erhob er sich mit einem Seufzen und ließ eine Lesebrille auf die Brust gleiten.

„Dieter, das ist der Kunsthistoriker von Renate, der die Bilder von Max begutachten soll. Und das ist sein Galerist, ein Herr …"

„Herr Goldner", sagte ich schnell.

Der Angesprochene kam näher, lächelte und begrüßte uns mit Handschlag.

„Tja, ich weiß ja nicht, ob Sie hier fündig werden, meine Herren … Mein Schwiegersohn hat wohl einiges gemalt, aber ob es Kunst ist …" Er kniff die Augen zusammen.

„Lassen Sie uns die Arbeiten des Künstlers doch erst einmal in Augenschein nehmen, Herr B.", antwortete

Grünberger. „Gibt es hier so etwas wie ein Atelier, einen Arbeitsraum, Frau B.?"

„Max hat immer drüben im Stall gemalt", antwortete die Frau, während sie sich durchs Haar strich, „folgen Sie mir bitte."

Sie steuerte auf eine Seitentür zu, die mir nicht aufgefallen war. Wir durchquerten einen Flur, stiegen zwei Stufen abwärts und gelangten in einen Garten, wo es nach Heu roch. Ein verrostetes Motorrad und zwei Regentonnen standen an der Hauswand. Über einen Trampelpfad ging es zu einem Gebäude aus Backstein, das einmal ein Stall gewesen sein mochte. Unsere Begleiterin zog einen verrosteten Schlüssel hervor und schloss auf. Ich sah, dass ihre Hand zitterte.

Wir betraten einen hohen, weiß gestrichenen Raum, annähernd quadratisch und überfangen von einem offenen Dach. Rechts vor einem Fenster, das durch Schiebeläden verdunkelt werden konnte, stand eine Staffelei, vor ihr ein gepolsterter Drehschemel und hinter ihr, auf einem Tisch sauber aufgereiht, Farbdosen. An einer Wand hing ein goldener Rahmen ohne Bild. Es roch nach Terpentin – ein Zeichen, dass der Künstler in Öl gemalt hatte, wie Grünberger fachmännisch feststellte. Bilder waren nicht zu sehen, nur ein paar Bleistiftskizzen, offenbar Studien nach der Natur, an den Wänden. Ein gläserner Aschenbecher quoll über von Kippen, und überall standen leere Bierflaschen. Der Kunsthistoriker sah enttäuscht aus. Frau B. kam seiner Frage zuvor.

„Die Bilder sind nicht hier. Sie sind woanders, ich

meine, gleich nebenan. Max hat sie etwas ungewöhnlich aufbewahrt. Sie werden gleich sehen, was ich meine."

Sie ging auf einen Vorhang zu. Eine Tür wurde sichtbar, an der ein Schild befestigt war; es trug die Aufschrift *INVENTAR*. Frau B. öffnete, ging voran und betätigte einen Lichtschalter, der mit trockenem Knacken umsprang.

„Das ist es", sagte sie.

Der fensterlose Raum glich einem Speicher. Erst beim genaueren Hinsehen begriff ich, dass die Holzwände, die einen Mittelgang umschlossen, Stellagen waren, die Dutzende, ja Hunderte von Keilrahmen enthielten. Da sie alle das gleiche Format hatten und eng aneinander lehnten, sahen sie aus wie Folianten in einer Bibliothek. Die Stellagen waren in Abschnitte geteilt und mit sauber gemalten Schildchen bezeichnet; ich las: „Himmel / unbewölkt", „Himmel / leichte Bewölkung", „Himmel / Gewitterwolken", „Wiese / gemäht", „Wiese / Schatten" und „Wiese / gemäht / Schatten und Laub."

„Ich nehme an, die Aufschriften entsprechen den Motiven der Arbeiten?"

Ohne eine Antwort abzuwarten, zog Grünberger ein Bild hervor, das in der Abteilung „Himmel / unbewölkt" eingeordnet war. Die Leinwand war völlig gleichmäßig mit Ultramarin bemalt. Es war, als blicke man in einen wolkenlosen Himmel.

„Schön", sagte ich unwillkürlich.

„Hat Herr K. viel monochrom gearbeitet?", fragte

Grünberger fachmännisch und drehte das Bild auf die Rückseite. Ein Zettel klebte darauf, der den Namen und die Adresse des Künstlers aufführte.

„Ich meine, sind viele Bilder so einfarbig wie das hier?"

Sie fasste sich. „Nein, das ist die Ausnahme. Meist sind die Bilder schon gegenständlich."

Sie trat zu der Abteilung, die mit „Wiese gemäht / Schatten" bezeichnet war und zog einen Rahmen hervor. Das Bild zeigte den Ausschnitt einer Wiese, auf die Schatten von Laub fielen. Es sah nach einem sommerlichen Picknick aus, und man glaubte den Geruch blühender Kastanien einzuatmen.

„Schön", sagte ich wieder.

Grünberger nahm das Bild in die Hände und musterte es. Inzwischen hatte Frau B. schon das nächste hervorgezogen; es glich dem ersten bis auf eine leichte Abweichung. War die Verteilung von Licht und Schatten zuvor ausgeglichen gewesen, so zeigte sich nun ein leichtes Übergewicht der dunklen Partien. Auch dieses Gemälde sah nach Sommer und Park aus, aber irgendetwas darin war anders; man fröstelte, wenn man es ansah. Grünberger drehte die Bilder auf den Rücken, das eine war mit „fünfzig Prozent", das andere mit „sechzig Prozent" bezeichnet.

„Ich sehe hier einen seriellen Ansatz", erklärte er und blickte von einer Zahl zur anderen. „Wo, sagten Sie, hat Ihr Schwiegersohn studiert?"

„Max hat gar nicht studiert, jedenfalls nicht Kunst.

Ich sagte Ihnen ja schon, er hat als Postbote gearbeitet. Ein Jammer. Ein so begabter junger Mann. Natürlich, er hätte auf die Akademie gemusst. Wir haben so oft davon gesprochen. Aber er wollte nie. Er hat immer gesagt, auf der Akademie kann er nichts lernen und die Professoren wären alles nur ... Schwachköpfe, entschuldigen Sie."

Grünberger ging auf die Bemerkung nicht ein. Er befragte die Erbin über die Umstände des Todes des jungen Mannes. Frau B. berichtete stockend, dass Max, wie sie den Künstler zu nennen fortfuhr, vor kaum zwei Wochen bei einem Unfall ums Leben gekommen war: Der Maler war von einem Hochspannungsmast gestürzt, während er versucht hatte, Wolkenstudien nach der Natur anzufertigen. Eine Lokalzeitung hatte über den tragischen Unfall berichtet, den Künstler aber nicht mit Namen genannt, sondern nur von einem „geistig verwirrten jungen Mann" gesprochen. Grünberger nickte.

Ich war inzwischen weiter in den Mittelgang vorgedrungen, um zu sehen, welche Bezeichnungen die hinteren Stellagen trugen. Ich kam vorüber an „See / unbewegt / mittags", „See / mittlerer Wind", sah „Ziegelwand / alt / rot" und „Ziegelwand / neu / rot", ließ „Laub Kastanie / früher Sommer" und „Laub Kastanie / mittlerer Herbst" hinter mir und gelangte zu einer Gruppe von Bezeichnungen, die von den vorherigen abwichen. Ich rief nach Grünberger und Frau B.

„Was halten Sie davon?", fragte ich Grünberger und

deutete auf ein Schildchen, das die Bezeichnung „Haut / weiblich" trug.

Ich weiß noch, dass ich, als ich es in die Hand nahm, ein Kribbeln in den Fingern verspürte und dass Grünberger, obwohl er einen geschäftsmäßigen Gesichtsausdruck beibehielt, die Luft zwischen den Zähnen einzog.

Das Bild war sehr schön. Es zeigte die glatte Haut einer jungen Frau in einer Farbe, die zwischen Milchcafé und Ocker zu schwanken schien. In der rechten oberen Ecke bildeten kleine und große Leberflecke eine Figur, die einem Sternbild glich, und unten links erkannte man, wenn man genauer hinsah, die Spuren einer Verletzung, eine winzige Schramme, die fast schon verheilt war. Welchen Teil des Körpers das Gemälde aber abbildete, ob Bauch, Rücken oder eine andere Körperstelle, war keineswegs zu sagen.

Zwei Männer

Von den zwei Männern weiß ich fast nichts. Es fängt damit an, dass ich keine Namen kenne, keinen Beruf, nicht einmal ein Geburtsdatum. Die zwei Männer sind zwei Bilder, mir mit Bedacht in die Hand gespielt. Zwar gab es eine Wahl, aber auch bei ihr war ich nicht frei. Ich entdeckte die Bilder bei einem Trödler, ein paar Monate ist das jetzt her. Es war noch Herbst, die Insel braun gefleckt und leer, der Himmel hoch und hell. N. und ich fuhren herum, sorglos. Wenn es Schatten gab, kamen sie von mir.

Der Trödler residierte in einer Scheune, halb hinter ein Haus gesetzt. Ein gepflasterter Hof davor, Neugier erweckende Schilder, Stühle, die noch vor kurzem zum Sitzen eingeladen hatten; jetzt war es zu kalt dazu. Er begrüßte uns flüchtig. Ich mochte ihn kaum ansehen, wagte nicht, das Klischee bestätigt zu finden: der ältere, noch nicht ganz alte Mann, die Lesebrille, halb über das Gesicht gesunken, die gestreifte Weste, die erloschene Pfeife im Mundwinkel. Dass ich selbst gern so wäre, selbst wahrscheinlich bald so sein würde, verschwieg ich N.

Wir schlenderten durch die Gänge. Am Anfang waren da noch Kunden, aber das verlor sich. Ebenso wurden die Räumlichkeiten, je weiter wir vordrangen, immer unwirtlicher, haltloser. Am Ende standen wir auf dem Dach im letzten Winkel, aufgehalten von einer Barriere aus alten Schränken, und dahinter begann

Niemandsland: herumstehende Stühle, Koffer, Lumpen. Ich muss nicht beschreiben, wie es dort roch, das weiß man. Auch mit den Möbelstilen halte ich mich zurück. Wer will schon wissen, dass das hier keine Biedermeierschränke waren, sondern nur Gründerzeit, spätes neunzehntes Jahrhundert. Im Erdgeschoss ging es kleinteiliger zu, verlockender: Glas, Geschirr, Messing. Nicht geputzt und aufgearbeitet, doch in sauberer Anordnung.

Seitlich auf einer Kommode waren die Bilder, ein oder zwei Dutzend. Sie lagen in einem Korb wie Leckereien: alte Schwarzweißfotos, gelblich, bräunlich. Gleich witterte ich, dass hier eine Geschichte auf mich wartete und ließ sie kennerisch durch die Hände gleiten. Zwei oder drei Euro sollte ein Bild kosten, so stand es in Bleistift auf der Rückseite. N. war schon weitergegangen, ließ mich stöbern. Ich spielte das Spiel, freie Wahl zu haben, ein Schicksal herauszugreifen, eine Geschichte.

Ich hatte schnell, was ich suchte, legte die Bilder schließlich jedoch zurück. Ich war nicht in Kaufstimmung, zögerte, wollte den alten Kram, der mich in meinem Leben schon allzu lange beschäftigt hatte, auf sich beruhen lassen. Was kam schon dabei heraus? Eine an den Haaren herbeigezogene Geschichte, altertümelnd, manieriert. Ich würde spekulieren, träumen, behaupten. Außerdem war ich geizig; das bisschen Bargeld brauchte ich für die Rückfahrt. Ich hatte keine Lust, mir morgen auf dem Hauptbahnhof nicht einmal eine Nudelbox beim Asiaten leisten zu können. So was hast du früher gemacht, dachte ich, Bilder gekauft statt Essen. Jetzt bist du klüger, vernünftiger.

Wir verabschiedeten uns, flüchteten unter der Nase des Trödlers hindurch auf den Hof, erreichten die Straße. Nach zweihundert Metern fing ich mit den Bildern an, erklärte N., worum es ging. Willst du nochmal zurück, fragte sie, willst du sie noch schnell holen. Nachher vielleicht, sagte ich, wenn er nachher noch auf hat, dann soll es so sein. Wie du willst, meinte N.

Wir gingen in eine Galerie, tranken Café am Marktplatz, genossen die Mischung aus Urlaubsstimmung, Tristesse und Abschied. Morgen würde ich wieder nach Hause fahren.

Als wir zurück zum Auto gingen, hatte der Trödler geschlossen. Schade, sagte ich, dann sollte es wohl so sein. N. erwiderte nichts. Ich sprach davon, dass ich das, worum es ging, ohnehin im Kopf hätte: die beiden Männer, die beiden Bilder. Fotografisch genau sähe ich sie vor mir, könnte sie beschreiben in allen Einzelheiten. Im Grunde brauche ich die Bilder gar nicht für meine Geschichte, sagte ich. Bist du sicher, fragte N.

Zwei Wochen später sahen wir uns wieder. N. kam nach Berlin. Sie machte nur kurz Station, musste zur Messe nach Leipzig. Sie war strahlend schön, lächelte mich an, zog plötzlich etwas aus ihrem neuen roten Mantel, für dich, sagte sie.

Es waren die Bilder. Sie hatte sie nie gesehen, doch ich hatte sie so genau beschrieben, dass sie sie gefunden hatte. Das waren sie doch, fragte sie, das sind doch die Richtigen? Ja, das sind sie, sagte ich. Und dafür bist du extra nochmal über die ganze Insel gefahren? Höchstens über die halbe, meinte N., so weit ist es ja gar nicht. Doch, sagte ich, es ist weit, ganz schön weit. Und wenn schon, meinte N.

Ich sah die Bilder an. Es war seltsam, die Erinnerung, die sich nach dem Verlust ängstlich geschärft hatte, bestätigt zu finden. Es war, als kehre jemand zurück, den man für tot erklärt hat.

Die Bilder waren kitschiger, verstiegener als ich zu erinnern gewagt hatte. Wie würde ich das in Worte fassen, dieses mit einem Nebel heller Sprenkel überzogene Gesicht, als hätte jemand Glitter darüber gestreut? Und wie sollte ich diese Züge beschreiben? Schon im Laden hatte ich mir zurechtgelegt, dass der Mann, Anfang dreißig mochte er sein, mich an Richard Strauss erinnern sollte: der gleiche gezwirbelte Schnurrbart, das gleiche nach hinten gewellte Haar, der gleiche Mund mit vorgeschobener Unterlippe, spöttisch, unentschlossen. Ein Kapellmeistergesicht, ein Musiker, ein Komponist. Leidenschaftlich jedenfalls, ein Sinnen- und Kunstmensch. Das Wort Vollblutmusiker fiel mir ein, ein schreckliches Wort, doch es passte. Natürlich war mir klar, dass ich all dies, diese Bewertungen oder Träumereien (von Schlussfolgerungen konnte man kaum sprechen) geschickt einführen müsste: als Konklusion, als Zuspitzung, nachdem ich vorher sauber Beschreibungen aneinandergereiht hatte, sachlich, präzise, ohne Urteil. Irgendwie dann, wenn lange genug von weit geöffneten Augen, leicht abstehenden Ohren und Samtkrawatten die Rede gewesen war, würde ich den Kapellmeister ins Spiel bringen, den Komponisten. Strauss würde ich gar nicht erwähnen, sondern darauf vertrauen, dass sein Bild von selbst im Leser aufstiege vermöge meiner Beredsamkeit.

Das war es doch, vergewisserte N. sich, daran hab ich mich erinnert, dass du Breslau gesagt hast. Ja, genau, Breslau, bestätigte ich, drehte das Bild und sah eine geschwungene Goldschrift: *Photographische Anstalt Otto Kupke, Breslau, Paradies-Straße 28, Wohlau.*

Paradiesstraße, sagte ich, hast du das gesehen, *Paradiesstraße*?

Ja, sagte N., toll.

Ich überlegte. Mit Breslau, Paradiesstraße und Otto Kupke war schon einiges anzufangen. Natürlich war Kupke nur der Fotograf, nicht der Abgebildete, doch immerhin: Ich hatte einen Schauplatz. Breslau war nicht schlecht. Unter der eleganten Signatur stand noch etwas in kleiner Schrift: *Die Originalplatte ist zum Nachbestellen aufbewahrt.*

Tja, das war sie wohl mal, meinte ich, ich fürchte, das mit dem Nachbestellen wird nichts mehr.

Nein, meinte N., das kannst du vergessen.

Am Sonntagnachmittag fuhr N. wieder auf die Insel, der Abschied unten im Hof war traurig. Die Bilder blieben bei mir, nebeneinander aufgestellt auf dem Sekretär. Ich nahm sie in die Hand, ging mit ihnen herum, saß mit ihnen auf dem Sofa, musterte Kleinigkeiten, legte mir eine Geschichte zurecht.

Der zweite Mann war deutlich älter, biederer, langweiliger. Ich nannte ihn Bruckner. Bruckner trug einen dunklen Mantel mit breitem Revers und hohem Kragen, dazu schwarze Hosen und Schuhe. Vor einer Stuckbalustrade stehend, hatte er die Linke in die Manteltasche gesteckt, während die Rechte sich halb auf die Hüfte stützte. Das Haar, schon deutlich ergraut, trug er gescheitelt; spärliche Koteletten vereinigten sich unter dem Kinn zu einem dünnen Bart. Von Anfang an gefiel Bruckners Ausdruck mir nicht. Etwas Zweifelndes, Hochfahrendes lag in dem quadratischen Gesicht mit den weit geöffneten Augen und der angehobenen linken Braue, als sei er es gewohnt, sein Gegenüber mit unnachsichtigem Maßstab zu messen. Bruckner mochte kein Anführer oder Überwinder gewesen sein, aber ein Herrscher in kleinem Reich, ein Ladenbesitzer vielleicht oder Kontorist. Ich drehte das Bild auf die Rückseite, obwohl ich die Aufschrift längst kannte: *C. ZENNIG & Co., Photographisches Atelier, BERLIN, 79 Leipziger Straße 79*. Berlin also und Leipziger Straße, Innenstadt. Freilich war dort nur das Atelier des Photographen gewesen, nicht die Wohnung Bruckners.

Was sollte ich mit Strauss und Bruckner anfangen? Es war klar, dass sie in der Realität kaum etwas miteinander zu tun gehabt hatten, dass nur der Zufall sie zusammengespielt hatte. Dennoch würde meine Geschichte von einer Beziehung zwischen beiden sprechen, sie zumindest behaupten müssen. Ich dachte nach. Strauss war gegenüber Bruckner zweifellos der Begabtere, Genialere, aber auch Lebensuntüchtigere. Der Altersunterschied brachte mich dazu, ihn mir als Schwiegersohn Bruckners vorzustellen, als Bräutigam und Anwärter gegenüber einer Tochter Bruckners, die er, der Breslauer, bei einem flüchtigen Berlinbesuch kennengelernt haben mochte.

Natürlich ist Strauss in den Augen Bruckners keine gute Partie. Was soll Bruckners Tochter, die behütet aufgewachsene Bürgerstochter, mit einem so unsicheren Kanonisten? Selbst wenn Strauss es bis zum Kapellmeister gebracht hätte (das traute ich ihm zu), blieb ein Musiker doch immer eine unsichere Bank. Und auch Strauss pflegt Bruckner gegenüber manchen Vorbehalt. Man kommt nur schwer miteinander ins Gespräch, redet aneinander vorbei. Zwar führt Strauss, was seine Lebensperspektive angeht, gut bezahlte Engagements ins Feld, entwirft eine rosige Zukunft nach der anderen und vergisst auch nicht, seinen abgeleisteten Militärdienst zu erwähnen, doch gegenüber den Erwartungen Bruckners hat all dies kaum Gewicht. Er ist schwer zu nehmen, der alte Bruckner. Überall wittert er Hinterhalt und Übervorteilung, lässt sich nicht in die Karten gucken und geht mit Minna, seiner Frau, strenger um als ein Arbeitsmann.

Abends am Telefon fragte N. mich nach der Geschichte.

Ich bin noch am Überlegen, erklärte ich, es ist gar nicht so einfach mit den beiden.

Warum, wollte N. wissen, was ist denn so schwierig.

Irgendwie kriege ich sie nicht zusammen, erklärte ich, ich weiß nicht, was sie miteinander zu tun haben.

Aber du hast sie ausgewählt, meinte N.

Stimmt, gab ich zu.

Bruckner und Strauss, auf der Insel mit leichter Hand gefunden und mir von N. zugetragen, erwiesen sich als widerspenstig. Schon nach ein paar Tagen sah ich sie an mit einer Mischung aus schlechtem Gewissen und Ärger. Warum nur entzogen sie sich mir so hartnäckig? Warum war es mir nicht möglich, einfach ein paar Zeilen über sie zu schreiben, die Bilder zu einer Geschichte zu runden? Vielleicht hatte ich mich mit den Musikernamen zu früh festgelegt, das Ganze in ein falsches Gleis gelenkt. Konnte Strauss, der eitle Schönling mit den abstehenden Ohren, der Seidenkrawatte und den sinnlichen Lippen, nicht auch einfach ein Stehgeiger sein, ein Gigolo? Oder verbarg sich hinter dem einnehmenden Äußeren gar ein Schwindler, ein Taschendieb? Und war Bruckner, der Biedere und Strenge, in Wirklichkeit eine gescheiterte Existenz, jemand, der nur noch den Schein wahrt und Posen markiert, wo er längst ins Straucheln gekommen ist?

Immerhin war die Machart seines Fotos, wenn man es mit dem von Strauss verglich, bescheiden: Kleines

Format, kein Goldaufdruck auf der Rückseite, und der Rock wirkte abgetragen.

Die Blicke von Strauss und Bruckner wurden von Tag zu Tag vorwurfsvoller. Wie nur war ihre Verbindung? Schwiegersohn und Vater? Widersacher und Feind? Vater und Sohn am Ende gar? Eine Freundschaft, eine Verbundenheit, war mir nicht vorstellbar, dazu waren beide zu verschieden. Immer wieder scheitert Bruckner an Strauss' hochfahrend euphorischer Art, und Strauss verzweifelt an Bruckners Kleinsinn, seiner Verhocktheit. Im Grunde teilen beide nur eine Gemeinsamkeit: Sie gehen zur gleichen Zeit – ungefähr zur gleichen Zeit, so legte ich es mir zurecht – zum Fotografen, stehen still, blicken in die Linse, hören das Klicken des Auslösers und sehen den Magnesiumblitz. Bruckner hat Wert darauf gelegt, sich in seiner vollständigen Erscheinung abbilden zu lassen, Strauss hingegen bevorzugt das Brustbild, das Portrait. Wo Bruckner repräsentativ wirken will, Würde um sich sammelt, gibt Strauss sich privativ, familiär. Er kommt dem Betrachter nahe, drängt sich ihm fast auf. Bruckner hingegen weicht zurück, entzieht sich, obwohl er auf geheime Weise zugleich der Präsentere ist; eine graue Eminenz im Hintergrund, welche Fäden knüpft und über Schicksale gebietet.

Ein Herbsttag in Breslau, der Himmel ist hoch und hell. Strauss geht durch schwach belebte Straßen, weicht Pfützen aus. Sein Gang ist locker, schlendernd. Er lächelt in alle Richtungen, wird jedoch selten gegrüßt. Sein malvenfarbener Rock ist weit geschnitten, dazu trägt er dunkelblaue Samthosen. Das Stöckchen in seiner Hand bemerkt man fast nicht. Sein Weg führt ihn hinunter zur Oder, und er blinzelt gegen die Sonne. Nachdem er ein Labyrinth kleiner Straßen durchquert hat, wendet er sich Richtung Bahnhof und kommt schließlich an in der Paradiesstraße 28. Ohne sich umzusehen, betritt er die Photographische Anstalt, ein weiträumiges Geschäft, dessen Schaufenster angefüllt ist mit Schaubildern, Arbeitsproben: Portraits, Gruppenbilder, Landschaften, silbern und schwarz gerahmt. Die Ladenglocke klingt gläsern; ein Duft nach Chemikalien hüllt Strauss ein, mischt sich mit dem Bergamottearoma, das sein frisch aufgelegtes Eau de Toilette verströmt.

Der Laden scheint leer; dann jedoch regt sich etwas im Hinterzimmer, ein Vorhang wird zur Seite geschoben, und ein vierschrötiger Mann erscheint, verbindlich lächelnd. Die massige Erscheinung mit den kräftigen Armen und der niedrigen Stirn erinnert eher an einen Tischler oder Schmied, doch seine Bewegungen sind bemessen. Ein Kundengespräch entspinnt sich, von beiden geführt in wohlgesetzten Worten. Strauss ist angemeldet, nur Details gibt es noch zu klären: Hintergrund, Bildausschnitt, Fassung. Er ist enthusiasmiert; die Atmosphäre lässt ihn an das Theater denken, macht aus der fotografischen Aufnahme einen Auftritt. Nur die Violine in der Hand fehlt. Lange hat Strauss überlegt, sich mit dem Instrument zusammen aufnehmen zu lassen, es zu nutzen als Requisit, als erklärendes Beiwerk, doch schließlich hat er den Gedanken verworfen.

Strauss tritt vor den goldgerahmten Spiegel, fährt sich ein letztes Mal durch das Haar mit dem Kamm, zwirbelt die Spitzen seines Schnurrbartes mit Pomade.

Kupke steht schon hinter der Kamera, einem unförmigen Kasten aus Mahagoni, hantiert mit der Platte. Der hintere Teil des Ateliers ist erhellt von einem fleckigen Oberlicht. Hier tritt Strauss vor den rotbraunen Vorhang, den Kupke vor die Wand gezogen hat. Sofort verwandeln seine Züge sich, nehmen einen gewinnenden Ausdruck an. Die Lockerheit, Freiheit seiner Bewegungen nimmt zu, und als der Magnesiumblitz aufflammt, findet die Linse ihn in größtmöglicher Aufgeräumtheit. Nicht sie blickt er an, auch nicht Kupke, den Protokollanten, sondern in Zuversicht und Überrennung wirft sein Blick sich weit in die Zukunft hinein, setzt sie voraus und erschafft ein Bruchstück von ihr, indem er das, worauf sie einst blicken wird, ins Bild setzt.

Ein Jahr später. Wieder ist Herbst, wieder färben die Blätter sich braun und wieder ist der Himmel hoch und hell, doch es ist nur der vor meinem Haus, der in dem Hof vor meinem Fenster. Strauss und Bruckner, lange vergessen und abgetan, liegen vor mir.

Vor allem Strauss hat sich verändert. Älter ist er geworden, müder, und in seinem Blick liegt ein Vorwurf, ein Kopfschütteln, eine Verwunderung. Noch immer ist seine Krawatte elegant, und noch immer überzieht

Glitter seine Erscheinung mit Wunderglanz, doch all das, man sieht es deutlich, ist Pose geworden. Bruckner hingegen hat noch einmal an Festigkeit gewonnen und ist zugleich weicher geworden, obwohl das wie ein Widerspruch klingt. Plötzlich ist Humor in ihm, ein Augenzwinkern, väterliche Ermunterung. Alles nicht so schlimm, scheint er zu sagen oder Kopf hoch, das wird schon, das Leben geht weiter. Ich tippe auf dem Mobiltelefon herum und suche eine Nachricht, überlege, ob ich zitieren darf, wie ich Bruckner und Strauss zitiert habe. „Du hast eine Frau verdient, die alles, was dich ausmacht, auch wirklich zu schätzen weiß. Ich bin mir sicher, dass du sie finden wirst, aber ich bin es leider nicht."

Der Ballon

Vor einiger Zeit machten überall in der Stadt Plakate auf eine Veranstaltung aufmerksam, die das Treffen der Ballonfahrer oder einfach Ballonfahrertreffen genannt wurde; es sollte auf einem Platz draußen in der Vorstadt abgehalten werden, auf einer Pferderennbahn, die dafür gut benutzt werden konnte, und da die Ballons mich interessierten, kostete es mich nur wenig, an dem angegebenen Tag wirklich dorthin zu fahren.

Die Fahrt mit dem Vorortzug führte an Hinterhäusern vorbei und durch Laubenkolonien und Fabrikgelände hindurch und endete plötzlich direkt neben der Rennbahn, an einem kleinen Platz davor. Durch ein breites und zugleich niedriges Tor betrat man das Gelände und musste dann noch einen kurvigen Weg durch eine Art künstlichen Wald aus Sträuchern und Bäumen zurücklegen. Das Gebüsch war dicht gewachsen, aber man sah doch, dass es eigentlich angelegt worden war, um niedrige Wirtschaftshäuschen oder Schuppen zu verbergen, die immer kurz zwischen den Zweigen sichtbar wurden. Plötzlich jedoch wichen die Sträucher zurück, es wurde hell und weit, und auf einmal stand ich vor dem Oval der Rennbahn.

Die Rennbahn war ein großartiger und zugleich öder Ort. Ganz vorn links stand ein gelb angestrichenes Aufpassertürmchen, das aussah wie ein Sprungturm im Schwimmbad; es trug eine gläserne Kabine oder Kammer, und auf seinem schräg vorkragenden Dach, das aussah wie eine Platte, waren Lautsprecher befestigt. Verkaufsbuden mit billigem Spielzeug, mit Bratwürsten und Bier standen herum, und zwischen ihnen war eine Kindereisenbahn aufgebaut, die auf einem unsinnig kleinen Rund von Schienen langsam im Kreise herumfuhr. Die niedrigen Wagen trugen Sitzpolster aus rötlichem Kunstleder, aber kein Kind saß darauf.

An die rechte Seite der breiten, mit Sand bestreuten Rennbahn war eine Tribüne gebaut, deren Sitzreihen steil und schräg anstiegen und von einem Dach überfangen wurden. Direkt davor stand ein blauweiß gestreiftes Zelt, in dem eine Band spielte. Mit seiner Öffnung blickte es gegen die Sitzreihen hinauf, und die Musik quoll seltsam verzerrt daraus hervor.

Von den Ballons war noch gar nichts zu sehen; das Oval in der Mitte, das gewiss als Startplatz dienen sollte, war fast leer. Erst beim zweiten Hinsehen bemerkte ich auf der großen Fläche eine Gruppe von Leuten, die sich um irgendetwas versammelt hatten; sogar Autos waren auf die Wiese gefahren.

Ich überstieg die niedrige Absperrung, überquerte die sandige, leicht geneigte Bahn und ging auf die Ansammlung der Menschen zu. Die Sonne stand schon tief, und auf dem Rasen lief mir mein Schatten voraus, lang und schmal.

Die Leute bildeten eine Traube; zuerst konnte ich gar nichts erkennen, nur viele Kinder, die sich über etwas beugten, und ich dachte schon, es werde eine Tombola oder ein Spiel veranstaltet. Das schien nicht sehr interessant zu sein, und ich wollte mich schon wieder abwenden, als ich begriff, dass die Menschen sich um den zu einem Bündel zusammengerollten Ballon versammelt hatten; tatsächlich, da war orangeroter Stoff, und da war ja auch die Ballongondel aus Korbwerk.

Ein schlanker Mann mittleren Alters mit einer silbernen Bürstenfrisur war mit dem Ballon beschäftigt. Er trug einen orangeroten Overall in der Farbe des Ballonstoffes, auf den Abzeichen und Fahnen genäht waren, sein Gesicht glänzte von Schweiß, und nun hörte ich, dass er auf eine geläufige, flüssige Weise sprach, fast wie ein Moderator; gleichzeitig lösten seine Hände die Verschnürungen um den Stoff.

Helfer mit ähnlichen Overalls gingen dem Mann mit der Bürstenfrisur zur Hand; sie begannen damit, das Ballonbündel, das etwa die Größe eines Polstersessels hatte, nach der Seite hin auf die Wiese zu entrollen. Die Zuschauer folgten den Bewegungen; während der Stoff zu einer Wurst ausgerollt wurde, gingen sie links und rechts daneben her und blickten hinunter auf die orangefarbene Stoffbahn wie auf einen Bachlauf. Kinder sprangen darüber hinweg. Einige beugten sich über die Hülle und berührten das Material. Auch ich nahm es prüfend in die Hände: Es war ein leichter, geschmeidiger Stoff, fast wie die Bespannung eines Regenschirmes fühlte er sich an, nur fester.

Nun wurde die Gondel an das Ende der Stoffbahn gelegt. Sie glich einem an den Ecken gerundeten Würfel, die Ränder gepolstert. Ein Metallgestell führte von den Ecken weg und mündete in einen Ring. Überall glänzte poliertes Metall, und alles machte einen sehr stabilen Eindruck.

Die Helfer, die während der Arbeit kein Wort wechselten, gingen nun daran, die Ballonwurst zu entfalten; sie zogen sie, rückwärtsgehend und mit beiden Händen vor der Brust festhaltend, an den Seiten auseinander, und nach kurzer Zeit war der Ballon ausgebreitet zu einer Fläche. Man sah nun, dass er auf dem Bauch eine Inschrift trug und dass die Farbe des Stoffs nicht ganz gleichmäßig war; manchmal wirkte das Orangerot kühl und dunkel, dann wieder warm und rötlich.

Der Mann im Overall wies die Helfer an, die Öffnung an den Außenseiten anzuheben; dafür sollten sie eine bestimmte Körperhaltung einnehmen, die er ihnen vorführte: ein Bein vorgestellt, den Oberkörper gebückt und die Ballonhülle darauf abgestützt. Die Helfer nahmen die vorgeführte Stellung ein, und im selben Moment wurde ein Motorgebläse auf Rädern herangezogen. Der Mann im Overall startete den Motor, indem er an einem Seil riss, die Maschine sprang lärmend an, und der Propeller begann, Luftmassen vor sich herzutreiben. Kaum hatte er ihn auf die Hülle gerichtet, als auch schon Wellen von Luft ins Innere drangen und sich schwankend zum Ende hin ausbreiteten. Bald war der hintere Teil gefüllt, und schon ähnelte die Hülle einem klumpenförmigen Zelt. Dann wurden Schläuche und Stahlflaschen herangeholt und Gas angezündet;

aus einer zylindrisch gewendelten Öffnung sprang eine blauviolette Flamme hervor, ein Rauschen dröhnte, und schon drang sie von der Seite ins Innere des Ballons. Die Luft erwärmte sich schnell; immer praller blähte sich der Ballon und begann zu schwanken. Dann richtete er sich halb auf, und plötzlich stieg er mit einer gravitätischen Bewegung in die Höhe.

Die Zuschauer applaudierten. Der Ballon schien nun reisefertig, er sah aus wie die Ballons, die man aus Büchern zu sehen gewohnt war: oben die birnenförmige Hülle, an ihr der Kranz aus Halteseilen und darunter die Gondel mit den Sandsäcken und Seilbündeln.

Der Mann mit der Bürstenfrisur war im Moment des Aufrichtens schnell ins Innere der Gondel geklettert und hatte die Helfer gerufen, ihm zu folgen. In regelmäßigen Abständen betätigte er einen Hebel über seinem Kopf; dann schoss die Flamme empor und stützte den Ballon, wenn er an Auftrieb zu verlieren drohte.

Ich war etwas zurückgetreten und hatte mich ins Gras gesetzt; der Abflug schien sich noch zu verzögern. Auch andere Zuschauer ließen sich auf der Wiese nieder; einige hatten Klappstühle und Decken dabei. Vor mir saßen zwei junge Frauen. Sie trugen Uniformen aus dunkelblauem Stoff, um den Hals gebauschte Tücher und dazu weiß glänzende Strümpfe, sodass sie Stewardessen ähnelten. Fortwährend schienen sie sich über Größe und Form des Ballons lachend zu verständigen.

Die Sonne beleuchtete jetzt gerade noch die Köpfe der Stehenden, Schatten fielen über die Wiese, und die gegen das Licht Blickenden beschirmten ihre Augen mit vorgehaltener Hand.

Ich beschloss, den Ballon, der offenbar noch immer nicht starten wollte, von der Tribüne aus anzusehen, um seine Größe zu prüfen, stand auf und ging auf den Rand des Platzes zu. Dabei blickte ich mich immer wieder um, um seinen Abflug nicht etwa zu versäumen.

Von der überdachten Tribüne aus war der Lärm der Band fast unerträglich; er schien sich in dem engen Raum förmlich zu fangen und zu vervielfachen. Die Zeltbühne wurde von einer Lichtorgel beleuchtet, welche die Musiker im Takt der Musik in immer anderes Licht tauchte: rot, grün und gelb. Publikum gab es nicht, nur ein paar Kinder kauerten vor der Bühne.

Ich stieg die Sitzränge bis über die halbe Höhe der Tribüne hinauf und blickte zurück auf die Rennbahn. Inmitten des schwarzgrünen Ovales, gegen den rosafarbenen Himmel, sah der Ballon nun sehr klein aus. Ab und zu glühte der Flammstrahl auf, und dann hob sich die orangerote Hülle und zog an der Gondel. Die Zuschauer waren weniger geworden; einige strebten schon über den Rasen dem Ausgang zu. Ein Auto fuhr vom Platz. In diesem Augenblick setzte die Musik aus und die farbigen Lichter der Bühne erloschen.

In der Gondel aber stand noch immer der Ballonfahrer, aufrecht, die Hand am Gashebel. Mit der Linken vollführte er erklärende Gesten gegen die Zuschauer, wandte den Kopf eilig hin und her und schien die Schaulustigen am Gehen hindern zu wollen. Nur noch drei oder vier Leute standen im Kreis und sahen ihm zu, dann verabschiedeten auch sie sich mit angehobenen Händen. Einen Augenblick lang blickte der Ballonfahrer ihnen nach. Dann griff er nach oben und zog an einem Seil. Augenblicklich entspannte sich die Ballonhülle, begann Falten zu bilden und sank in sich zusammen wie ein Zelt, dessen Verspannungen man gelöst hat. Schließlich knickte er ein unter einer Böe, fiel zur Seite und sank.

Der Ballonfahrer kletterte aus der Gondel. Kurz bevor er sie verließ, hob er aber den Kopf und blickte einen Augenblick hinauf in den türkisgrünen, von einer einzigen Wolke gezeichneten Himmel.

Die graue Ebene

Im Inneren des Eisenbahnwaggons saßen fünf Reisende ohne Hut und schwiegen. Es mochte der Himmel über der Grauen Ebene sein, der ihre Rede niederhielt oder die Reihung der Masten am Horizont. Abend oder Morgen herrschte; man konnte es nicht sagen, denn die Uhren standen still, und die Sonne hatte sich, seit sie das westliche Tor passiert hatten, nicht mehr gezeigt.

Einer der Reisenden, ein ältlicher Mann mit Schnurrbart und Anglerweste, blickte aus dem Fenster in die Ferne, stützte die Arme auf die Knie und sagte:

„Es scheint, als kämen wir nie an."

Lange Zeit antwortete niemand, nur das Poltern der Räder war zu hören. Dann beugte sich die Frau ihm gegenüber vor, eine elegante Dame in einer grünen Stola.

„Sie erwarten zu viel. Erwartungen nähren die graue Ebene."

Der Mann mit dem Schnurrbart sah sich um. Kein Reisender blickte auf; einige schienen zu schlafen. Auch ein Kind war darunter, das in ein Heft auf seinen Knien starrte.

„Ich erwarte gar nichts", gab er zurück, „ich will nur ankommen."

Die elegante Dame lächelte. „Welche Erwartung könnte größer sein."

Der Mann verschränkte die Arme vor der Brust. „Man braucht schließlich ein Ziel."

„Ziele“, mischte sich ein junger Mann mit hohlen Wangen nun in die Unterhaltung, „Ziele machen müde.“ Und er schloss die Augen und schlief ein.

Der Mann mit dem Schnurrbart wurde ungehalten.

„Habe ich etwa nicht genug getan? Ich habe mir solche Mühe gegeben. Alles habe ich bedacht, alles erwogen. Warum komme ich nie an? Warum ist die graue Ebene so endlos?“

Das Kind, ein blonder Knabe von acht oder neun, blickte auf. „Ich mag die graue Ebene“, erklärte es, „sie ist schön.“

„Du bist noch ein Kind“, stellte der Mann mit dem Schnurrbart fest, „du hast noch keine Ziele.“

„Reden Sie dem Jungen nichts ein“, sagte eine blasse Frau neben ihm, offenbar seine Mutter, „natürlich hat er ein Ziel. Säßen wir sonst hier? Im Übrigen möchte ich Sie ersuchen, das Fenster zu öffnen. Die Luft ist sehr stickig.“

„Natürlich“, beeilte der Mann mit dem Schnurrbart sich zu sagen, „Sie haben recht.“ Er stand auf, drückte den Griff des Schiebefensters hinunter und warme Luft drang in das Abteil. Zugleich nahm das Poltern der Räder zu.

„Schrecklich, dieses Getöse. Aber wenigstens spürt man so, dass es vorangeht“, stellte der Mann mit dem Schnurrbart fest.

„Woher wollen Sie das wissen?“, fragte die elegante Dame, „es ist auch möglich, dass der Zug im Kreis fährt.“

„Sagen Sie das nicht“, erwiderte die Dame mit dem blassen Gesicht, „wir haben schon genug Scherereien.“

„Sie wollen also auch ankommen“, stellte der Mann mit dem Schnurrbart fest, „Sie haben ein Ziel.“

„Das habe ich nicht gesagt“, widersprach die Dame, „ich habe nur von Scherereien gesprochen.“

„Sie sind gut“, meinte der Mann mit dem Schnurrbart und sah wieder nach dem Fenster. „Hat jemand etwas dagegen, wenn ich es wieder zumache? Ich finde, es wird kalt.“ Da niemand widersprach, stand er auf und stemmte sich gegen den Griff. Das Rattern der Räder wurde wieder leiser.

„Mir scheint, die graue Ebene ist heller geworden“, stellte die elegante Dame fest und blickte hinaus, „vor allem in der Ferne.“

„Einbildung“, widersprach ihr die Blasse, „die Ebene ist mal heller und mal dunkler, dennoch bleibt sie sich immer gleich.“

„Die Sonne jedenfalls dringt kaum zu uns durch“, sagte der Mann mit dem Schnurrbart.

„Sie verlieren sich“, entgegnete die elegante Dame. „Was sollte die Sonne uns denn nutzen?“

„Zumindest die Himmelsrichtung könnten wir bestimmen, wenn sie erscheint. Oder sehen, ob wir im Kreis fahren. Denn dann müsste die Sonne uns umkreisen. Können Sie mir folgen?“

„Tun Sie nicht so gelehrt“, mahnte die elegante Dame, „das nützt Ihnen hier gar nichts.“

Eine Weile schwiegen sie. Die Ebene schien mal heller zu werden, mal dunkler, die Reihung der Masten am Horizont schien sich mal zu verdichten, mal zu weiten. Der Mann mit dem Schnurrbart starrte in das einförmige Grau und schüttelte den Kopf. Endlich wurde er müde, zog seine Weste aus, lehnte sich zurück und schloss die Augen.

Wenige Minuten später schien der Zug langsamer zu werden und der Himmel verdunkelte sich. Plötzlich kreischten die Bremsen, und der Zug hielt. Die Reisenden wurden auf ihren Sitzen umhergeschleudert und fielen übereinander. Nachdem sie sich unter Entschuldigungen und Abbitten wieder beruhigt hatten, erhob sich der Mann mit dem Schnurrbart und zog das Fenster herunter.

„Wir stehen", stellte er fest und spähte hinaus.

„Was Sie nicht sagen", entgegnete die elegante Dame. „Und ist hier also eine Station?"

„Eigentlich nur ein Loch."

„Achten Sie auf Ihre Sprache. Denken Sie doch an das Kind. Eine Station also?"

„Ja, eine Art Zisterne oder Becken. Groß und rund."

„Und ist jemand da? Ein Stationsvorsteher?"

Der Mann mit dem Schnurrbart wandte den Kopf. „Nein, niemand."

„Dann ist hier keine Station", stellte die ältere Dame fest, „dann nehmen wir nur Wasser auf."

Der Mann mit dem Schnurrbart schüttelte den Kopf. „Sie vergessen, dass die Zeit des Dampfes längst vorbei ist, gnädige Frau."

„Hat die Station denn gar keinen Namen?“, wollte die Blasse wissen. „Gibt es nicht einmal ein Schild?“

„Doch, ein Schild sehe ich. Aber es ist verwittert.“

„Dann ist es doch eine Station“, sagte die Dame mit der Stola, „ich wette, jetzt steigen Sie aus!“

„Unsinn. Wie käme ich dazu?“ Der Mann zwirbelte seinen Schnurrbart.

„Dies hier ist ein Ziel“, reizte ihn nun auch die Blasse, „suchen Sie nicht nach Zielen? Wollen Sie nicht endlich ankommen?“

„Der Zug hat nur gehalten, weil Sie eingeschlafen sind“, sagte der junge Mann mit den hohlen Wangen, der durch das Gerüttel aufgewacht war.

„Wir fahren schon wieder“, stellte der Mann mit dem Schnurrbart fest, „der Zug fährt schon wieder, Gott sei Dank. Was für eine Station.“ Er trat vom Fenster zurück und ließ sich in den Fauteuil fallen. Während die Zisterne und das leere Schild am Fenster vorüberzogen, färbte der Himmel sich wieder hell, und auch die Ebene nahm langsam ihre vorherige Farbe an.

„Nur eine Episode“, stellte der Mann mit dem Schnurrbart fest, „es ist alles schon vorbei.“

„Wären Sie ausgestiegen, wäre es anders“, gab die elegante Dame zurück.

„Sie hätten selbst aussteigen können, wenn diese Station Sie so reizte.“

„Es war eine Gelegenheit. Jetzt ist sie verstrichen.“

„Das haben Gelegenheiten so an sich“, bemerkte die ältere Dame und begann von ihrem verstorbenen Mann zu erzählen, der ein Meister im Verpassen von Gelegenheiten gewesen sei.

„Er hatte kein Ziel“, urteilte der Mann mit dem Schnurrbart.

„Nein, das stimmt nicht“, widersprach die Dame, „er wollte sich nur nicht festlegen.“

„Das ist ja dasselbe.“

„Jedenfalls, diese Gelegenheit ist verstrichen“, schaltete die blasse Dame sich wieder ein, „die haben Sie gründlich verpasst.“

In diesem Moment wurde die Tür des Abteils aufgerissen und der Schaffner trat herein. Er trug eine gelbblaue Uniform und ein Blechkasten hing vor seinem Bauch; sein Gesicht war streng.

„Die Fahrkarten“, forderte er, und sogleich begannen die Reisenden ihre Taschen zu durchsuchen. Auch der Mann mit dem Schnurrbart prüfte die unzähligen Taschen seiner Anglerweste.

„Sie muss da sein. Als ich einstieg, war sie noch da.“

„Sicher“, meinte der Schaffner.

Nachdem der Mann mit dem Schnurrbart alle Taschen der Weste, der Hose und sogar die Seitentaschen des Koffers durchsucht hatte, gab er auf. „Sie ist nicht da.“

„Welches Ziel“, fragte der Schaffner mit schleppender Stimme, „welches Ziel hat der Herr?“

„Eigentlich wollte ich nur die graue Ebene hinter mir lassen.“

Der Schaffner lächelte. „Das schaffen nur wenige.“

„Was geschieht jetzt?“, fragte der Mann mit dem Schnurrbart. Er wagte es nicht, nach den anderen Reisenden zu sehen, die das Gespräch mit anhörten, sich aber vor einer Einmischung in die Abrede hüteten.

„Der Herr muss nachlösen.“

Der Mann mit dem Schnurrbart seufzte erleichtert. „Natürlich, das ist kein Problem. Geld habe ich genug.“

„Um Geld geht es nicht.“ Der Schaffner wurde ernst.

„Nicht? Um was dann?“

„Der Herr wird ein Ziel angeben müssen.“

Der Mann mit dem Schnurrbart zögerte. „Nun, ich sagte Ihnen ja schon, ich will die graue Ebene verlassen. Ist das nicht genug?“

„Nein.“

„Die Dame hier“, der Mann mit dem Schnurrbart deutete auf sein elegantes Gegenüber, „sagte vorhin, die graue Ebene nähre sich durch Erwartungen. Also kann ich gar kein Ziel angeben, denn jedes Ziel wäre ja schon durchtränkt mit der Erwartung, es zu erreichen.“ Während dieser komplizierten Erklärung stand die Dame in der grünen Stola auf und verließ das Abteil.

Der Schaffner verzog keine Miene. „Diese Dame hat Sie angelogen, mein Herr. Die graue Ebene hat mit ihren Erwartungen nichts zu tun.“

„Nicht?“ Der Mann mit dem Schnurrbart blickte bestürzt.

„Nein. Wie sollte das auch zugehen? Es ist einfach ein leeres, ödes Land, nicht sehr gut entwickelt. Wir verlassen es in dreizehn Stunden. Dann passieren wir das östliche Tor und alles, was der Herr je geträumt, begehrt und erhofft hat, geht in Erfüllung."

„Alles?"

„Alles."

Der Mann mit dem Schnurrbart setzte sich auf; in seinem Gesicht lag eine Mischung aus Entsetzen und Empörung.

„Das will ich nicht. Das will ich auf keinen Fall."

„Dann werden Sie ein Ziel angeben müssen. Nur Ziele bewahren uns vor der Erfüllung unserer Wünsche."

Der Herr mit dem Schnurrbart dachte nach.

„Ich will zurück. Ich will zurück zum Westtor."

Der Schaffner lächelte, öffnete die Blechkiste und riss eine Fahrkarte vom Block.

„Ihr Billett, der Herr. Einmal Westtor. Wünsche angenehme Reise!" Er tippte an die Mütze und verschwand. Während er sich durch die Tür schob, drängte sich die Dame in der Stola an ihm vorbei und setzte sich zurück auf ihren Platz.

„Und? Hat er Ihnen eine Fahrkarte verkauft, der Schuft?"

Der Herr mit dem Schnurrbart lächelte.

„Ja, ich habe nachgelöst. Zum Westtor übrigens, wenn es Sie interessiert."

Die Dame in der grünen Stola erbleichte. „Das ist nicht ihr Ernst. So weit treiben Sie es nicht."

Der Mann mit dem Schnurrbart wurde ärgerlich. „Was heißt hier, nicht mein Ernst? Außerdem haben Sie mich angelogen. Dieser Unsinn mit den Erwartungen hat mich ganz durcheinandergebracht. Aber das ist jetzt vorbei. Jetzt habe ich ein Ziel!“ Er hob die Fahrkarte wie im Triumph.

„Sie Ahnungsloser. Wissen Sie denn nicht, was Sie getan haben? Jetzt kommen wir nie mehr fort aus der Grauen Ebene!“

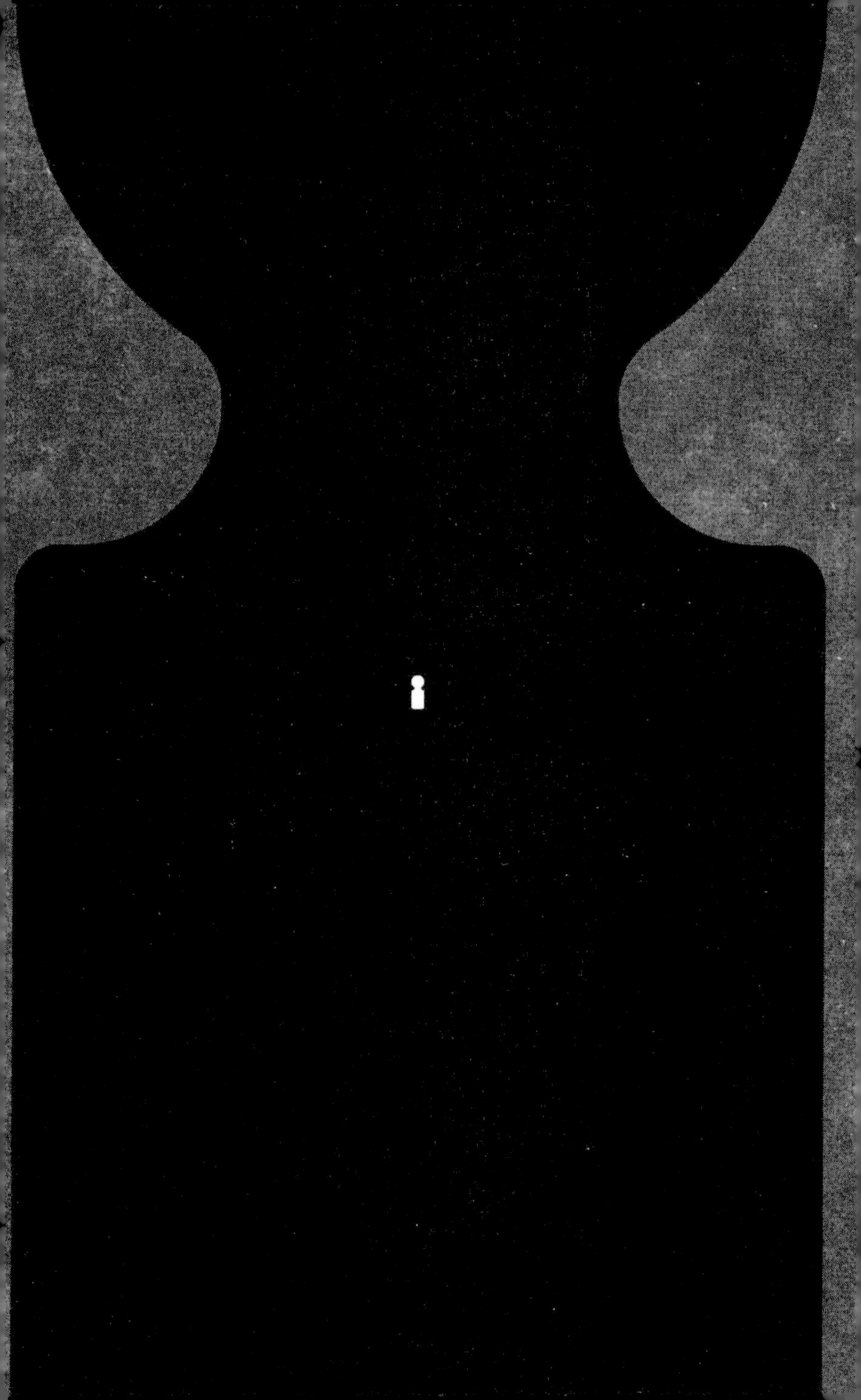

Aufräumen

Als es auf den Herbst zuging, hatte ich die Idee, ich müsste nun einmal in meiner Wohnung aufräumen. Was soll ich sagen, meine Wohnung hat viele Zimmer, es ist eine sogenannte Neubauwohnung, obwohl das mit dem neu schon gar nicht mehr stimmt; sie wurde vor sechzig Jahren gebaut, in einer Zeit also, wo man auf glatte Wände und rechte Winkel Wert legte. Meine Wohnung ist eine moderne Wohnung, hell, geräumig und klar, wie man sagen würde, aber sie ist dadurch natürlich auch wieder nicht modern, dass sie unaufgeräumt ist.

Ich wohne im zwölften Stock. Das allein besagt wenig, außer, dass ich einen Blick habe hinweg über dürftige Grünanlagen und wacklige Sitzbänke und Mülltonnenhäuschen und einen Parkplatz und Lauben mit zusammengesetzten Dächern schräg gegenüber. Am Horizont sehe ich die Türme der Stadt, ein paar Verwaltungshochhäuser, einen Sendemast schräg links, dessen Spitze nachts rötlich blinkt – was blinkt nicht alles rötlich, wenn es Nacht ist! –, die spinatgrünen Wipfel des Stadtparks, den ich nie aufsuche, den Ansatz eines Bahndammes, der zwischen gelblich hohen und wie abgeschnittenen Büschen verschwindet, und einen dünnen Fahrradweg, der seinen Benutzer mit eigenartigen Haken und Schwüngen an sein Ziel bringt. Das ist mein Blick, das ist mein Blick.

Meine Wohnung ist eine von denen, der man einen Müllschlucker zutrauen würde, es ist eine Müllschlucker- und Fahrstuhlwohnung, deren Komfort darin besteht, die Tatsache, dass sie so hoch liegt, durch technische Erleichterungen vergessen zu machen. Ich habe einen Balkon. Ich habe ein Thermostat. Ich habe einen Stromzähler und eine Wasseruhr in einem Wandschränkchen mit tapezierter Tür. Ich habe Fenstergriffe und Badewannenstöpsel und Türbeschläge und Teppichleisten. Ich habe ein Thermometer an der Balkonwand und einen Gasanzünder über dem Herd an einem Kunststoffhaken. Ich habe seegrüne Fliesen im Bad und elfenbeinfarbene Stromverteilungsdosen im Flur, die aussehen wie Bullaugen, ich habe Schranktüren und Wassergläser, Rührmixer und Dessertlöffel, Mokkatassen und Blumenvasen – kurz, meine Wohnung ist wohleingerichtet, sie wäre behaglich, wenn sie nicht so unaufgeräumt wäre.

Ich habe jetzt vielleicht zu viel von den Vorzügen meiner Wohnung gesprochen, so, als könnten diese Vorzüge es vergessen machen, dass sie auch Nachteile hat, Nachteile genug. Zu diesen gehört natürlich zuvorderst, dass sie unaufgeräumt ist. Eine unaufgeräumte Wohnung, da werden die meisten mir zustimmen, kann nicht komfortabel sein; vor allem ist sie nicht behaglich.

Ich bin viel mit Suchen beschäftigt in meiner Wohnung, ich verbringe allerhand Zeit damit, Dingen hinterher zu spüren: Gebrauchsanleitungen, deren kurz gefasste Weisheit zwischen den Weisheiten anderen

Papiers verschwunden ist, Messer, deren Griff zu dem Griff anderer Messer passen würde, Postkarten, an deren Text ich mich nur undeutlich, an deren Motiv ich mich aber überdeutlich erinnere und die ich, irgendeine Laune ist daran schuld, zu sehen wünsche, sofort; es ist nicht leicht zu erklären, warum, wie es überhaupt schwer ist, zu beschreiben, warum ich so viel suche oder mit solcher Heftigkeit suche. Denn das mit der Heftigkeit gebe ich zu, obwohl es mir nicht leichtfällt und obwohl das Wort einem Außenstehenden, also jemandem, der meine Wohnung und mich nicht kennt, vielleicht allzu dramatisch in den Ohren klingt. Man könnte natürlich sagen, mit Blick auf die Heftigkeit meiner Suche sagen, ich hätte weniger zu suchen, wenn meine Wohnung nicht so unaufgeräumt wäre. Dem kann ich nichts entgegenhalten, natürlich nicht. Sagte ich, dass ich im zwölften Stock wohne? Eine Zeit lang konnte ich mir auf diese Weise vormachen, ich stünde über den Dingen. Aber diese Vorstellung bringt mich nicht weiter, so wie sie niemanden weiterbringt, jedenfalls hilft sie mir nicht dabei, meine Wohnung aufzuräumen, was ich nun schon seit dem letzten Herbst will und was sehr notwendig wäre. Ich wohne im zwölften Stock in einer Fahrstuhl- und Müllschluckerwohnung, ich sehe vom Balkon aus, der nach Südwesten geht, die Türme der Stadt und den Bahndamm und den Fahrradweg und die Wipfel des Stadtparks, ich habe Teppiche und Küchenschubladen und Fotoalben und Schallplatten, aber meine Wohnung, in deren Ausstattung ich viel Geld investiert habe, ist unaufgeräumt. Natürlich, es gibt Wohnungen, denen die Unaufgeräumtheit gut zu Gesicht steht, die in ihrer Wirkung sogar noch gewinnen, wenn sich in ihnen eine gewisse malerische Unordnung breitgemacht hat, meine Wohnung aber zählt nicht zu ihnen, sie verlangt nach Ordnung, oder ich selbst bin es, der nach ihr verlangt. Die Ordnung, in diesem Gedanken lasse ich mich nicht beirren, die Ordnung ist das, was meine Wohnung im zwölften Stock, eine moderne Fahrstuhlwohnung, komfortabel machen würde. In der Ordnung ist leicht zu leben, denke ich – vielleicht allzu leicht, wende ich dann in Gedanken aber ein, während das Leben in der Unordnung beschwerlich ist und anstrengend. Aber ist es überhaupt gut, jede Anstrengung zu meiden, jeder Beschwerlichkeit aus dem Weg zu gehen? Manchmal, abends, wenn das Blinklicht am Mast gegenüber schon in Betrieb ist (ein müdes und zugleich vorwitziges Auge, das die Wimpern auf- und niederschlägt), manchmal denke ich, die Leute, die in den aufgeräumten Wohnungen leben, in den Wohnungen, die rundum komfortabel sind, diese Leute machen es sich viel zu leicht. Schwierigkeiten oder Beschwernissen aus dem Weg zu gehen ist nicht immer gut, denke ich so vor mich hin, während die Dämmerung einfällt und sich in den Häusern gegenüber die Fenster blau entzünden, weil die Nachbarn ihre Fernseher einschalten; den Weg des geringsten Widerstandes zu gehen, damit hilft man sich nicht immer; besondere Menschen, Menschen also, denen kein Durchschnittsleben bestimmt ist, solche Menschen machen es sich schwer und müssen es sich schwer machen, inmitten von Beschwernissen leben sie, mit einer Suche beschäftigt, deren Ziel und Bewegung einem Durchschnittsmenschen zu erklären viel zu kompliziert wäre. Inmitten meiner Fahrstuhlwohnung, zwischen den vom warmen Lampenlicht gestreiften Tapeten stehe ich und höre den Nachrichtensprecher aus der Wohnung nebenan und die Klospülung vom Nachbarn über mir und sehe die Nacht einfallen über der Stadt, und das rote Licht des Masts blinkt, und ich halte meinen Suchzettel in den Händen und denke, dass ich es nicht leicht habe, gar nicht leicht, dass ich, während andere Leute ihren Feierabend genießen, sich vor dem Fernseher zurücklehnen, Bierdosen öffnen und nach Chipstüten greifen, mit meiner Suche beschäftigt bin, einer Suche, die nun schon Tage und Wochen andauert und die mich durch alle Räume meiner Wohnung geführt hat.

Nein, ich habe keine Lust, diese Suche hier zu beschreiben, schon, sie jeden Tag aufs Neue voranzutreiben, ist anstrengend genug; wenn ich jetzt noch versuche, ihre Bewegungen in Worten nachzuzeichnen, wird alles noch beschwerlicher, denke ich und lasse den Suchzettel, den ich vor mir hertrage wie eine Landkarte, sinken und lehne meine Stirn an die Tür und spüre das kühle, weiß gestrichene Holz und fühle mich wieder einmal müde, unendlich müde vom Suchen. Suchen und Aufräumen sind zweierlei, könnte man sagen, könnte man mir sozusagen vorhalten; wer nicht aufgeräumt hat, der muss suchen und damit die Unaufgeräumtheit büßen, so ungefähr denkt man, wenn man oberflächlich denkt, wenn man nicht, wie ich, gewöhnt ist, Gedanken immer weiter voranzutreiben und zu vertiefen. Wenn man diese Vorantreibung und Vertiefung aber erst einmal in Gang gesetzt hat, wenn man damit begonnen hat, die Gedanken um das Suchen und Aufräumen miteinander zu verflechten, sie zu Annahmen und Schlüssen zu verknüpfen, wird man zu ähnlichen Ergebnissen kommen wie ich, Ergebnisse, die auf beschwerliche Weise erarbeitet worden sind und deren Tiefe sich nicht auf den ersten Blick erschließen mag. Aber kann das schnelle sich Erschließen eines Gedankens denn ein Kriterium sein für seine Wahrheit? Viele Gedanken, die weit und tief vorangetrieben worden sind, erschließen sich nicht auf den ersten Blick; die klügsten Bücher sind nicht die verständlichsten und die weitesten Gedanken die am wenigsten erschließbaren, und genauso ist es vielleicht mit den Gedanken um das Suchen und Aufräumen und die Unordnung in meiner Wohnung. Verbirgt sich hinter dieser Unordnung, wenn man genau hinblickt, wenn man sehr genau hinzublicken versteht, verbirgt sich hinter ihr nicht doch eine Ordnung, denke ich, wenn es schon Nacht ist und das Licht am Mast zu blinken begonnen hat, eine höhere Ordnung, dem oberflächlichen, nach Komfort schielenden Blick unsichtbar, dem innehaltenden, sich vertiefenden aber zugänglich? Und so mag es sein, ja, so ist es tatsächlich, wenn Nacht ist und die Stille mir in den Ohren rauscht und ich mit nackten Füßen vor der Wand im Flur stehe und lausche, lausche auf die Geräusche der Stadt, auf ein Auto, das stotternd anfährt und auf das Heulen des Windes, der um die Ecken des Hochhauses streift und auf das Knacken eines zusammengeknüllten Papiers, das sich langsam wieder öffnet. In solchen Momenten glaube ich, die in meiner Wohnung verborgene Ordnung auf einmal zu hören. Wie ein Zirpen klingt sie, wie ein Geschiebe von Blättern, die in Vorsichtigkeit erstarren und sich gleich darauf in Zusammengehörigkeit wieder entzünden, so ungefähr, sehr fein, sehr schwach, eine Melodie, so unzugänglich wie alte Sprachen, deren Sinn längst vergessen ist.

Wenn es dann aber draußen vor den Fenstern dämmert, wenn der Himmel sich grünlich zu färben beginnt und die Vogelstimmen im Park einsetzen, dann ist dieses Lied und die Ordnung in ihm mit einem Mal verschwunden und ich stehe wieder inmitten der Unordnung, die meine Knie umspült, und sofort beginnen in meinem Kopf wieder die Gedanken, die sich mit der Suche beschäftigen, der Suche, die ich am Abend müde unterbrochen habe und deren Anspruch im Licht des Tages nun wieder an mir zerrt und mich dazu zwingt, Schränke zu durchwühlen, Kisten übereinander zu stapeln und Schubladen aus ihren Verankerungen zu reißen, um ihren Inhalt in Augenschein zu nehmen bis zur hintersten Ecke.

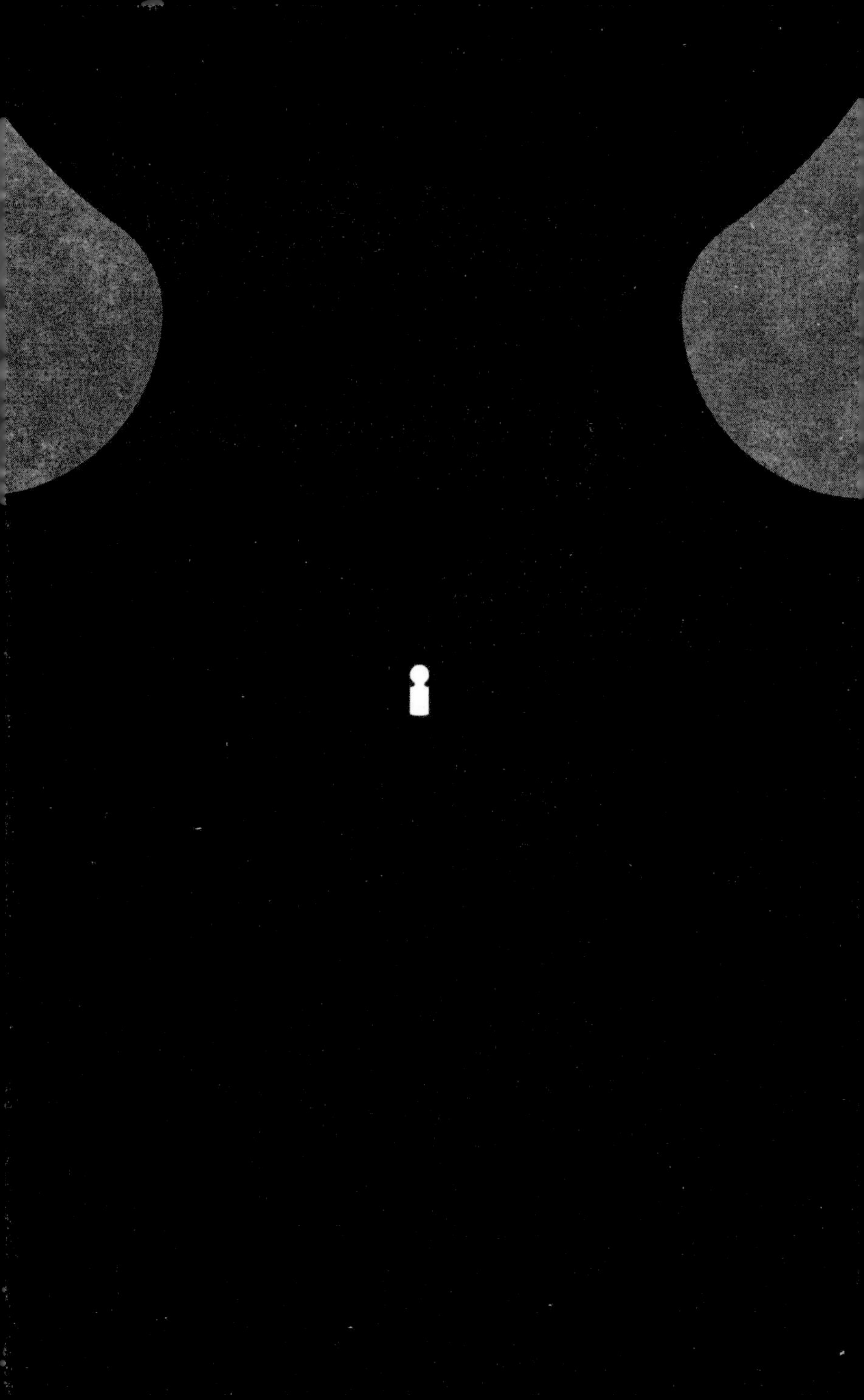

Der Laden

Es ist ein vierundzwanzigster Dezember, als Schnupf den Entschluss fasst, sein kleines Drogeriegeschäft noch etwas länger geöffnet zu halten. Er geht zu der verglasten Ladentür und entfernt ein handgeschriebenes Pappschild, das mit seiner Vorderseite nach außen, auf die Straße gewandt, dort aufgehängt ist. Er zieht die Reißzwecke, mit der es befestigt ist, heraus, nimmt das Schild in die linke Hand und blickt dann einen Augenblick lang zerstreut auf die Straße.

Es ist nur wenig Betrieb dort draußen, es ist eine Seitenstraße, in der Schnupfs Geschäft liegt, und es ist schon früher Nachmittag. Ein leichter Regen fällt auf das Pflaster und löst die Reste eines gestrigen Schnees. Ein Mann mit einem großen Paket unter dem Arm geht auf der anderen Straßenseite vorüber, blickt kurz zu Schnupf, zieht das Paket fester an sich und läuft rasch weiter. Ein leichter Wind treibt den Regen gegen das Schaufenster, und das erzeugt ein Geräusch wie niederfallende Reiskörner in einer Schale. Schnupf wendet sich von der Tür ab, tritt hinter den Verkaufstresen und schiebt das Pappschild in eine Schublade.

Er öffnet die Registrierkasse und prüft mit geübtem Blick die Menge und Zusammensetzung des Wechselgeldes. Dann nimmt er den Einsatz aus dunkelgrünem Kunststoff heraus, holt aus dem Fach darunter Bündel hervor und fängt an, ihre Umhüllungen aus farbigem

Papier aufzureißen und die Münzen in Fächer zu sortieren. Draußen beginnt es jetzt zu dämmern. Ohne hinzusehen, greift Schnupf unter die Platte des Tresens und berührt einen Schalter. Lampen in dem schmalen Raum, den die Abschirmung vor dem Schaufenster bildet, flammen auf und beleuchten die Auslage. Schnupf tritt an die Abschirmung und blickt kurz prüfend ins Innere. Es ist gefüllt mit Packungen von Parfum und Seife, die zu Pyramiden übereinander getürmt sind. Links davon stehen Kleinbildkameras, Blitzlichter, Objektive und Bereitschaftstaschen auf orangefarbenen Würfeln aus Karton, und darüber hängt ein Plakat an Nylonschnüren. Es zeigt, wie Schnupf weiß, eine verschneite Alpenlandschaft. In der Mitte der Auslage, die mit einem Kunststoffbezug ausgeschlagen ist, steht ein kleiner Weihnachtsbaum aus Plastik. Seine Äste sind mit Kunstschnee besprüht und mit Christbaumkugeln behängt, und er trägt elektrische Lämpchen, die abwechselnd aufglühen und wieder erlöschen, orangefarben, türkisgrün, rötlich und sattgrün.

Schnupf greift mit der Hand kurz über die Abschirmung, um einen Seifenkarton ein Stück weit zu verschieben. Da bemerkt er, dass durch das Schaufenster ein Gesicht auf seine Hand blickt, das Gesicht eines jungen Mädchens. Schnupf zieht die Hand schnell zurück, und die Augen der Fremden folgen ihrer Bewegung und finden Schnupfs Blick. Das Mädchen lächelt kurz mit angehobenen Augenbrauen. Dann ist sie verschwunden.

Kurz darauf hört Schnupf das Klingeln der Glocke an der Tür. Er kann nicht mehr hinter den Verkaufstresen treten, aber er zieht mit einer schnellen Bewegung die Ärmel seines Kittels zurecht und beeilt sich, eine geschäftsmäßige Miene aufzusetzen.

Das Mädchen, das jetzt den Laden betritt, trägt einen rosafarbenen Mantel mit Kragen aus weißem Kunstpelz, rosafarbene Handschuhe, weiße Stiefel und eine weiße Wollmütze, die sie, obwohl es im Inneren warm ist, nicht abnimmt. Sie sagt mit einer hohen, aber leisen Stimme „Guten Tag" und streckt dabei ihre Rechte zur Begrüßung vor, ohne aber abzuwarten, dass Schnupf sie schüttelt. Schnupf erwidert den Gruß, indem er kurz die Hand hebt, und sie folgt ihr mit einem Blick, als beobachte sie noch immer ihre Bewegungen im Schaufenster. Einen Augenblick lang denkt Schnupf, das Mädchen sei eben zu diesem Zweck in den Laden gekommen, um seine Hand zu beobachten, aber dann fällt ihm ein, wie unsinnig diese Vermutung ist.

Er tritt mit einigen Schritten hinter den Tresen; die junge Kundin scheint noch unschlüssig in ihren Wünschen, und Schnupf weiß aus Erfahrung, dass man unschlüssigen Kunden Zeit geben muss. Das Mädchen beginnt tatsächlich, die Auslagen zu mustern; sie stellt sich vor einen Ständer aus Drahtgeflecht, der mit grünen und gelben Fläschchen besetzt ist, hebt einzelne davon an, um sie zu betrachten und stellt sie wieder zurück. Dann beugt sie sich über eine Anordnung von Verpackungspapieren und Schmuckbändern, die auf einem schräg aufgestellten Brett dekoriert sind.

Schnupf bemerkt, dass im Laden noch immer Dunkelheit herrscht, er hat ja nur die Beleuchtung des Schaufensters angeknipst. Er tritt an den Lichtschalter neben der Tür und will das Hauptlicht anschalten, aber da hört er hinter sich die helle Stimme seiner Kundin.

„Lassen Sie es nur aus", hört er sie sagen, so, als sei der Griff nach dem Lichtschalter eine zu große Förmlichkeit. Schnupf lässt die Hand wieder sinken und wendet sich um.

„Es ist so dunkel hier. Sie möchten sich die Sachen doch sicher ansehen."

Das Mädchen blickt auf die Bänder.

„Ich kann alles sehen … ich sehe ja alles", sagt sie und fährt fort, die Bänder zu betrachten. Schnupf tritt näher an das Pult, wie um die Behauptung zu überprüfen. Das Mädchen lässt die Bänder durch ihre Hände gleiten, als berühre sie Juwelen. Auf ihrer glänzenden Oberfläche spiegelt sich das Licht der farbigen Lämpchen, das vom Spiegel der Scheibe zurückgeworfen wird, und wie ein Flimmern liegt es in den Falten und Höhlungen.

„Sehen Sie", flüstert sie und hebt ein mit Goldstickerei verziertes Band ins Licht und zu Schnupf heran. Schnupf betrachtet das Schmuckband, es ist ein einfaches Band, um Geschenke einzuwickeln. Ihm fällt der Preis ein, den es am Meter kostet und von welchem Lieferanten er es bezieht.

„Ja, das sind sehr hübsche Bänder", sagt er in geschäftsmäßigem Ton, „man nimmt sie zum Einwickeln. Sie können natürlich auch dekorieren damit … Eine hübsche Verzierung", fügt er hinzu und bemerkt gleichzeitig, wie dumm seine Worte gewählt sind und dass seine Stimme durch irgendeine Unpässlichkeit heiser klingt.

Das Mädchen blickt immer noch das Band an, dann aber wendet sie sich zu Schnupf, und in ihren Augen sieht Schnupf nun das Licht des Weihnachtsbäumchens; winzige farbige Pünktchen glimmen darin.

„Die Heilige Nacht, Herr Schnupf", sagt sie, „die Heilige Nacht."

Und mit der einen Hand hebt sie den Zeigefinger wie zu einer Warnung.

Schnupf blickt auf ihre Hand, die sehr schmal ist; er wundert sich, woher das Mädchen seinen Namen weiß. Dann bemerkt er, wie sie nun in eine bestimmte Richtung blickt, zum Schaufenster hinaus. Die Scheibe ist ein großer schwarzer Spiegel, und in ihm sieht er sich selbst, groß und hager im weißen Kittel, die eckige Brille auf dem Kopf, das schon ergraute kurze Haar darüber, und neben sich, viel kleiner, in den rosafarbenen Mantel gehüllt, das Mädchen. Eine Zeit lang blicken beide so aus dem Fenster, Schnupf den Kopf schief gekippt und das Mädchen sehr aufrecht. Die Lampen an dem Bäumchen glimmen auf und verlöschen, und Schnupf sieht hinaus, und auf einmal bewegt er nun auch in Gedanken die drei Worte „die Heilige Nacht

… die Heilige Nacht." Plötzlich bemerkt er, wie er sie im Rhythmus der an- und ausgehenden Lampen sich vorspricht wie eine Beschwörung.

Dann wendet das Mädchen sich von der Fensterscheibe ab und zu Schnupf; ihre Stimme klingt auf einmal hell und sachlich.

„Ich würde von diesem dann zwei Meter nehmen, wenn's recht ist", sagt sie und hält eines der Bänder nach vorn.

Schnupf blickt darauf, als könne er ihre Worte einen Augenblick lang nicht in seine Gedanken einfügen. Dann fasst er sich.

„Ja, selbstverständlich. Ich mache Ihnen das fertig. Ich will nur vorher … Wenn sie gestatten …" Und Schnupf geht mit wenigen Schritten zum Lichtschalter, um das Deckenlicht einzuschalten. Rosafarbene Neonröhren beginnen zu flackern, und kurz darauf ist alles in gleißende Helligkeit getaucht. Schnupf nimmt die Schere vom Haken, um das Band abzuschneiden und wendet sich um.

Der Ladenraum ist leer; das Mädchen ist nirgendwo zu sehen. Vielleicht hat sie sich gebückt, um etwas aufzuheben, denkt Schnupf und geht zurück zu den Bändern. Aber auch dort ist sie nicht. Mit wenigen Schritten durchquert er den Laden, geht an Tresen und Stellregalen vorüber, blickt in alle Winkel, aber nirgends entdeckt er seine Kundin. Schließlich tritt er sogar in das Hinterzimmer, aber auch dort findet er alles leer und still. Einen Augenblick lang verharrt Schnupf unschlüssig in dem kleinen Raum und blickt auf die Platte des zerkratzten Tischs. Plötzlich hat er einen Einfall, nein, einen Verdacht geschöpft, einen Verdacht, der mit der Registrierkasse zusammenhängt … In einem ersten Entschluss will er nach vorn stürzen, um ihn nachzuprüfen. Dann aber besinnt er sich anders.

Er geht wieder nach vorn, aber er lässt den Verkaufstresen und die Kasse links liegen. Stattdessen löscht er die Deckenlichter. Dann geht er zurück zum Schaufenster, zu den Schmuckbändern. Er zieht eines davon ein Stück weit von seiner Rolle und nimmt es behutsam in die Hände. Schnupf lässt das Schmuckband langsam durch seine Finger gleiten, als berühre er Juwelen. Auf seiner glänzenden Oberfläche spiegelt sich das Licht der farbigen Lämpchen, und wie ein Flimmern liegt es in den Falten und Höhlungen. Schnupf betrachtet es, und leise spricht er immer nur drei Worte vor sich hin: „Die Heilige Nacht … die Heilige Nacht …"

Die Letzte Stadt

Diese Stadt ist die letzte, weiter geht es nicht. Viele sagen, sie liege an der Grenze, aber das ist falsch. Von hier aus geht es nirgendwohin.

Ich harre aus. Ich bin kein Bewohner, aber auskommen kann ich der Letzten Stadt auch nicht, dazu bin ich schon zu lange hier. Ankömmlinge beobachte ich misstrauisch, Abreisenden winke ich zu. Grenzstadt. Wie das schon klingt. Als wäre das, was hier geschieht, nicht mehr wichtig, gehöre es schon zur anderen Seite. Der wir unser Ohr leihen, so viel gebe ich zu. Die andere Seite lockt, wirrt, gurrt. Viele verfallen ihr. Doch noch halte ich stand. Noch bin ich der Letzten Stadt treu, hänge ihren Reizen an. Viel bietet sie nicht, manche stößt sie ab. Widerständig muss man sein in ihr, so viel habe ich inzwischen gelernt, widerständig und halsbrecherisch, erfahren im Guten wie im Bösen.

Martha ist fort. Sie hat die Letzte Stadt und mich verlassen. Das wäre kaum der Rede wert, denn ein Paar waren wir ja doch nicht, nicht einmal Freunde, das hat Martha zu verhindern gewusst. Rede nicht, sagte sie immer, wenn ich versuchte, meine Gefühle für sie in Worte zu fassen, ihnen eine Form zu geben. Ich sollte schweigen, damit Martha umso mehr reden konnte. Reden vom Öl der Maschinen, von den Lockspüchen der Kumpel, vom Bleiatem der Hunde. Sie werden immer nervöser, sagte sie, sie bellen immer öfter.

Martha war, anders als ich, freiwillig hier, ein Kind der ersten Jahre, Eingeborene, zugehörig. Darauf war sie stolz.

Im Grunde haben wir uns gut gehalten. Wir versorgten uns mit Abwehr, Skepsis, Zweifeln, wo andere sich blind ergaben. Wir kochten unser Süppchen, bitter zwar, aber gut abgeschmeckt. Dass wir dabei im Trüben fischten, nahmen wir in Kauf. Dass man uns die Jahre zunehmend ansah, auch. Gesund ist die Letzte Stadt nicht. Die Luft schneidet, das Wasser brennt, die Erde kocht. Wer etwas in sie zu senken versucht, erntet nichts. Was halbwegs genießbar ist, kommt von außen, muss mühsam herangeschafft werden, ist schon halb verdorben. Dass Martha ununterbrochen redete, sich im Reden verlor, verstärkte meine Müdigkeit. Müde war ich hier von Anfang an, müde und zugleich voller Tatendrang. Hab dich doch nicht so, konnte Martha sagen, während sie eine tote Fliege vom Tisch wischte. Dann tischte sie mir auf, was im Haus war: Bücklinge, halbgare Pasteten, angebissenes Brot. Dazu Zitronenwasser, das trinkt man ja eigentlich nur an heißen Tagen, aber wann wäre es in der Letzten Stadt je heiß gewesen. Lau ist es, ein oder zwei Grade kälter als mild, nicht warm und nicht kalt. Auch nicht hell und nicht dunkel, nicht laut und nicht leise. Weder schleichen die Bewohner noch rennen sie, weder ist ihre Rede ja, ja noch nein, nein. Sackgassen sind verboten, ebenso Spiegel. Alles soll in Bewegung bleiben, nichts in sich zurückkehren. Wer aufmuckt, wird niedergehalten, wer mittut, hat seine Ruhe. Lieder enden auf der zweiten Strophe. Manche stimmen Instrumente, stellen Uhren, lassen Kompasse kreisen. Martha und ich haben die Wanduhr seit Wochen nicht mehr aufgezogen. Das Ticken war so geschmacklos, und was ist Zeit.

Manchmal gehe ich auf den Wall. Noch immer überwältigt mich der Blick von dort in die Ebene. Ich halte die Hände vor den Bauch, schiebe die Mütze zurück, grüße die Entgegenkommenden. Die Ferne schmerzt. Dass der Horizont dicht besetzt ist mit Masten, Leitungen, Kabeln, beschäftigt mich. So viel Aufwand, nur um uns einen Blick zu verschaffen, denke ich und beiße in meinen Apfel.

Manchmal riskiere ich es, nach Osten vorzudringen bis in den Bereich, wo der Wall schadhaft wird. Dort, im alten Zollhaus mit den vernagelten Fenstern, wohnt Cordula, Marthas Freundin. Meist ist sie schon am Vormittag hinüber, aber immer hat sie einen Blick für mich. Während ich die Backsteinmauer passiere, ein Fenster nach dem anderen sich in meinen Blick schiebt, hat sie mich schon gerochen, schlägt den Fensterladen auf, schüttelt Wäsche. Immer ist ihr Haar nass, immer stecken ihre Hände in Gummihandschuhen. Ich winke ihr zu, posiere, nehme die Mütze ab, ergründe unter Seitenblicken, ob sie in Stimmung ist. Ein gutes Zeichen ist es, wenn sie den Kater schlägt, dann darf ich kommen. Wenn sie dagegen an den Begonien zupft, brauche ich mir gar nichts einzubilden, dann kann ich gleich wieder gehen.

Martha bleibt bei alledem außen vor, obwohl wir natürlich über sie reden. Sie müsste viel mehr für sich tun, sagt Cordula, etwas aus sich machen, kein Wunder, dass du so viel über die Wälle machst. Dabei tritt sie dem Kater in die Seite. Das mit den Wällen will ich nicht gelten lassen, es klingt nach Streunerei, und ein Streuner will ich nicht sein. So viel mache ich ja gar nicht, sage ich. Dann kannst du ja wieder Leine ziehen, sagt Cordula und zieht sich die Bluse über den Kopf, dann bin ich dir ja egal. Ich werfe den Apfelgriebsch weg, ziehe Cordula an den Haaren, bringe ihre Hände zur Ruhe, schiebe sie in einen Winkel, wo sie mir nicht auskommt. Im Grunde sind es die Sommersprossen auf ihren Schultern, warum ich über den Wall gehe.

Cordula ist tapfer. Seit sieben Jahren hält sie es aus im Zollhaus, erträgt die kaputten Leitungen, das Wasser im Keller, das Pfeifen in der Nacht. Fred war weniger zäh, er hat die Letzte Stadt schon nach einem Jahr verlassen und Paul mitgenommen. Natürlich schreiben sie ihr nicht, und natürlich klagt Cordula darüber, doch im Grunde ist sie froh, dass Fred und Paul weg sind.

Nach unseren Spielchen, die wir selten länger als eine halbe Stunde treiben, greift Cordula nach der Flasche, die sie bei meinem Ankommen unter dem Tisch versteckt hat. Sie setzt sie an die Lippen, lehnt sich zurück, hebt sie an und trinkt, dabei schielt sie schon wieder nach dem Kater. Wenn ihr Blick glasig wird und sie davon zu sprechen beginnt, dass wir reden müssen, so geht es nicht weiter, ist es Zeit zu verschwinden. Manchmal lasse ich ihr einen Geldschein da, stecke ihn im Klo hinter den Spiegel, aber das ist selten. Während ich über die Brücke zurück auf den Wall steige, ruft Cordula mir Schimpfwörter hinterher, Scheißerchen, Abstauber.

Es ist wichtig, jetzt nicht zurückzublicken. Fest den Wall im Blick, überlasse ich Cordula wieder dem Kater, der Flasche, den Gummihandschuhen. Damit der Gang über den Wall nicht nur einer zu Cordula ist, gehe ich noch ein Stück weiter, jetzt mit der Miene eines Inspektors, der nach dem Rechten sieht und überall Zerrüttung wittert. Die Entgegenkommenden winken, lächeln mir entgegen, doch das kann auch der Wind sein, der auffrischt.

Nach zehn Minuten erreiche ich die Budenstadt mit den Zöglingen. Einen Blick sind sie mir immer wert, obwohl die Zöglinge mit jedem Besuch ärmlicher werden, ungewaschener. Ihre Bettelei schmeichelt mir. Von ausgestreckten Kinderhänden umringt stelle ich fest, dass man mir Wohltätigkeit zutraut, Kleingeld in der Tasche, einen herablassenden Blick. Ich krame nach Münzen, kehre die Taschen um, tätschele Wangen, blicke in ungewaschene Gesichter. Natürlich werden die Blicke immer frecher, und natürlich muss ich das Ganze am Ende mit Nasenstübern und Ohrfeigen beenden, während ich Kupfergeld ausstreue. Kreischend und dankbar weichen die Zöglinge zurück, sammeln die Münzen auf und kehren zurück in die Budenstadt, um dem Nächsten aufzulauern.

Während ich erschöpft den Rückweg antrete, feile ich an Ausreden für Martha, lege mir Worte zurecht. Nein, ich habe an ihnen gefeilt, als Martha noch da war. Jetzt sind die Rückwege öde, sind es im Grunde auch die Besuche bei Cordula, aber was soll ich tun, man hat seine Gewohnheit.

Seit Marthas Flucht redet Cordula immer öfter davon, wie leer und groß das Zollhaus jetzt ist, dass Freds Kammer leer steht und dass sie einen Labskaus schon hinbekommt, es soll mein Schaden nicht sein. Vor allem das mit dem Schaden lässt mich aufhorchen, denn wer Übles auch nur in der Verneinung zur Sprache bringt, paktiert schon mit ihm. Außerdem sind das mit dem Labskaus leere Versprechungen: Mehr als eine Dosensuppe kriegt Cordula ja doch nicht hin, ganz zu schweigen davon, dass Freds Kammer nach stockiger Wäsche riecht.

Noch einmal komme ich vorbei am Zollhaus, aber jetzt hat Cordula die Läden verriegelt. Der Kater streift auf der Brücke herum, faucht. Vermutlich hat Cordula inzwischen den Spiegel geprüft und festgestellt, dass diesmal kein Schein dahinter steckte. Armes Ding, denke ich und beruhige mich mit dem Gedanken, dass Cordula ja gar kein Geld braucht, wozu. Ich lege die Hände vor dem Bauch zusammen und fühle mich bieder, ein Zustand, den ich genieße. Ich habe mein Tagwerk erfüllt, den Erwartungen entsprochen, die Zöglinge befriedigt und Cordula, jetzt kann ich heim. Während mein Blick den mastenbesetzten Horizont abgeht, überlege ich zu rauchen. Natürlich ist es verboten, und natürlich ist Tabak nur noch auf dunklen Wegen zu bekommen, aber das Rauchen beruhigt mich. Seit Marthas Weggang erwarten mich zu Hause nur schmutziges Geschirr, ungeputzte Fenster und die leere Vorratskammer. Selbst die Bücklinge sind alle.

Ich verlasse den Wall und wende mich nach links, mache einen Abstecher zu Rüdi. Nachdem ich an der grünen Tür geklingelt habe, muss ich eine Weile warten, denn Rüdi ist immer mit irgendwelchen Schmutzigkeiten beschäftigt. Ich lasse es ihm aber nicht durchgehen, nicht aufzumachen, schließlich kennen wir uns seit der Sandkiste. Rüdi öffnet, wischt sich die Hände an der Hose ab und grinst. Dabei zieht er die Tür ein Stück auf und lässt mich in den schmalen Flur, der hinten gleich wieder ausläuft in den Hof.

Rüdis einziges Gesprächsthema sind sein Asthma und die steigenden Preise, zwischen denen er einen Zusammenhang herzustellen versucht. Man kriegt ja kaum noch Luft, wenn man sieht, was ein Pfund Gehacktes kostet, sagt er. Ich höre ihm zu und blicke über den Hof, der seit Monaten gefegt werden müsste; dabei stelle ich zum hundertsten Mal fest, wie anstrengend Rüdi ist und dass nichts mich mit ihm verbindet außer unserer Schwäche für Cordula. Natürlich kann Rüdi nicht bei ihr landen, irgendwo hört es auch auf, aber zumindest habe ich in ihm einen Bewunderer für Cordulageschichten. Wie ist sie denn so, fragt er und grinst, aber darauf falle ich nicht rein. Ich weiß gar nicht, was du meinst, entgegne ich, die Cordu hat es nicht leicht, gar nicht leicht. Rüdi stöhnt, reißt einen Löwenzahn aus dem Pflaster und verdreht die Augen. Du bist so ein Arsch, sagt er. Dann fragt er mich, ob ich einen Klaren will.

Zwei oder drei Stunden sitzen wir auf dem Hof und kippen. Rüdi hat schöne Gläser, Kelche in Lindgrün. Irgendwann fangen die Hunde am Patrouillenweg an zu bellen, Dämmerung fällt ein und es riecht nach Diesel, ein Zeichen, dass die Förderbänder anlaufen. Ja, ich muss jetzt wohl wieder so langsam, sage ich und stehe schwankend auf. Du bist so ein Arsch, sagt Rüdi und bringt mich zur Tür, wobei ich mich durch den schmalen Gang taste. Ein Fehler wäre es, jetzt noch einmal zum Wall zu gehen. Nachts will Cordula nichts von mir, und die Zöglinge liegen im Bett. Plötzlich fällt Cordulas Spiegel mir ein. Spiegel sind doch verboten, denke ich, weiß Cordula eigentlich, was sie tut.

Ich gehe voran. Dämmerung erfasst mich, greift nach mir. Längst weiß ich, dass sie mich wegspülen wird, dass weder der Wall noch Cordula noch Rüdi mich werden halten können. Ich sinke in sie hinein, stürze ihr entgegen, übergebe mich. Martha grüßt von fern, erwartet mich schon, lässt mir nichts mehr durchgehen. Die Zöglinge singen; hell klirren ihre Stimmen über dem Bleiatem der Hunde, übertönen das Pfeifen, das sich in meine Ohren stiehlt. Die Masten fahren über mich hin, bekränzen mein Glück, die Förderbänder saugen mich leer. Die Ebene, denke ich, endlich bin ich über der Ebene, Cordula wird Augen machen. Etwas kommt in meinen Blick. Ein Gummihandschuh, groß wie das Zollhaus. Schwach und lüstern winken seine Finger, drehen sich zu mir hin. Ich gleite, stürze, schüttele Dank, lasse den kleinen Finger nicht mehr los, denn ich will die ganze Hand. Hoch über mir treibt Rüdi, sauber ist er jetzt, sauber und rein. Die Luft schneidet, das Wasser brennt, die Erde kocht. Diese Stadt ist die Letzte. Weiter geht es nicht.

Glossar

Aeroplan, der: veraltet für Flugzeug.

amalgamieren: von Amalgam (altgr. μαλακός malakos ‚weich' mit Alpha privativum, d. h. das „Nicht-Erweichende"; nach anderer Etymologie arabisch al malagma ‚erweichende Salbe', oder al-magam aus gr. málagma). In der Chemie Legierung des Quecksilbers. Als Amalgam im weiteren Sinne oft auch nicht ohne Weiteres umkehrbare Vermischungen anderer Stoffe, meist Legierung mehrerer Metalle. Im übertragenen Sinne auch Mischungen unterschiedlicher Begriffe, Ideen, Kulturen oder Traditionen.

Ausschlupf, der: Kunstwort, zusammengesetzt aus Ausgang und schlüpfen.

beschlagen; altertümelnd für: in etwas erfahren, sich mit etwas auskennen.

Bor: eigentlich chemisches Element mit dem Elementsymbol B und der Ordnungszahl 5, seltenes Halbmetall. Hier benutzt als Personennamen.

chimärenhaft: von Chimäre (Substantiv, feminin): Ungeheuer der griechischen Sage, fiktive Geschöpfe, die sich aus Teilen von zwei oder mehrerer Lebewesen zusammensetzen, zum Beispiel Greif, Kentaur, Satyr, Faun oder Sphinx.

Corps de Logis: (franz. Wohnkörper; auch: Wohntrakt): vornehmlich zu Wohnzwecken errichteter Haupttrakt eines Schlosses oder eines Stadtpalais. Kann die Mitte einer drei- oder mehrflügeligen Anlage markieren oder isoliert von Nebengebäuden stehen.

Dietrich, der: Werkzeug zum gewaltfreien Öffnen bestimmter Schlösser (Einbruchswerkzeug).

Diktaphon, das: analoges Diktiergerät. Der Begriff geht auf die Marke Dictaphone der Columbia Phonograph Company zurück. Erstes Diktiergerät 1877 von Thomas Alva Edison (Phonograph).

Fraktur, die: (von lat. fractura ‚Bruch', seit Mitte des 15. Jahrhunderts auch ‚gebrochene Schrift') Schriftart aus der Gruppe der sog. gebrochenen Schriften. Von Mitte des 16. bis Anfang des 20. Jahrhunderts meistbenutzte Druckschrift im deutschsprachigen Raum. Umgangssprachlich auch „gotische" oder „altdeutsche" Schrift.

Invektive, die: mündliche oder schriftliche Äußerung von absichtlich beleidigendem Charakter.

ja, ja … nein, nein: Anspielung auf die Bibel: „Eure Rede aber sei: Ja, ja; nein, nein. Was darüber ist, das ist vom Übel." (Matthäus 5:37, Lutherbibel, 1912).

Kataster, der oder **das**: Register, Liste oder Sammlung von Dingen oder Sachverhalten mit Raumbezug, im engeren Sinne: amtliches Grundstücksverzeichnis.

Kontor, das: oder Contor (von frz. Comptoir, „Zahltisch“, im Postdeutsch auch: comtoir) im Spätmittelalter Niederlassung hansischer Kaufleute im Ausland. Zugleich veraltete Bezeichnung für Büros und Zweigstellen von Banken.

Krümmling, der: gebogenes Übergangsstück eines Handlaufs (Geländers) zwischen den geraden Treppenwangen von Holztreppen, ermöglicht den Richtungswechsel. Verbunden werden Krümmling und Wangen mit Bolzen, Doppelzapfen, Dübel und Verleimung. Krümmlinge sind geometrisch komplizierte Gebilde, die handwerkliches Geschick bzw. Präzisionsmaschinen verlangen.

Kumult, der: Kunstwort, zusammengesetzt aus Tumult und Cumulus (lat. Anhäufung, Abk.: Cu), auch Kumulus: Bezeichnung einer Wolkenform. Umgangssprachlich: Haufenwolke oder Quellwolke.

Nasenstüber, der: leichter Stoß (Schlag) gegen die Nase.

Nekropole, die: auch Nekropolis oder Totenstadt (altgr. νεκρός nekrós, dt. ‚Toter‘, πόλις polis, dt. ‚Stadt‘), baulich gestaltete größere Begräbnis- und Weihestätte des Altertums und der Ur- und Frühgeschichte.

Memorandum, das: Denkschrift, Stellungnahme, kalendarisches Merkheft, Notiz mit Denkwürdigem (Memo). Lat. Memorandum, wörtl. „das zu Erinnernde“ bzw. „das, an das sich erinnert werden soll“ (Gerundivum zu memorare ‚[sich] erinnern‘), memo Abkürzung für memoria ‚Gedächtnis‘, ‚Andenken‘, ‚Erinnerung‘. Plural: Memoranda / Memoranden.

Okular, das: der augenseitig (lat. Oculus, Auge) optisch wirksame Teil eines optischen Systems, zum Beispiel eines Fernglases, Fernrohrs, Teleskops oder Mikroskops.

Olive, die: altertümliche Bezeichnung für Fenstergriff. Früher als Oliven bezeichnet, da sie ähnlich wie eine Olive geformt waren: zweiseitige kurze Hebel mit einer deutlichen Verdickung in der Mitte als Ansatz für die Drehachse.

ondulieren: abgeleitet von Ondulation (von lat. unda ‚Welle‘ bzw. frz. onde ‚Welle‘): künstliches Einbringen von Locken oder Wellen in das Kopf- oder Barthaar, zum Beispiel mit einer Brennschere. Die Brennschere wird erhitzt, dann werden die Haare mit ihr in Form gepresst. 1872 von Marcel Grateau entwickeltes Verfahren.

Plafond, der: Zimmerdecke (besonders bairisch / österreichisch auch Plafond), meist horizontales Bauteil, das den Raum nach oben hin abschließt.

Potemkinsche Dörfer: Potemkinsches Dorf (russ. потёмкинская деревня), meist Plural als Potemkinsche

Dörfer, seltener auch Potemkin'sche Dörfer oder Potjomkinsche Dörfer: Vorgetäuschtes bzw. die Vorspiegelung falscher Tatsachen. Die Wendung geht zurück auf die Legende, nach der Feldmarschall Potemkin (1739-1791) falsche Kulissen von Dörfern aufgestellt und angebliche Dorfbewohner von einem zum nächsten Dorf habe transportieren lassen, um Katharina die Große auf einer Reise nach Neurussland über den Wohlstand der neubesiedelten Gegend zu täuschen.

Prosperität, die: Gedeihen, wirtschaftlicher Aufschwung; Wohlstand.

Proszenium oder **Proskenion**: (lat. proscenium, von altgr. πρό pro „vor" und σκήνη skene „Bühne") vorderster Bereich einer Theaterbühne, oft besetzt mit Logen (Proszeniumslogen), etwa in Opernhäusern.

Rustizierung, die: Oberfläche einer Wand, deren einzelne Steinlagen durch deutlich sichtbare Fugen optisch getrennt werden. Rustizierung ist eine Variante der Bänderung, die Rustika speziell des Bossenwerks (Sichtsteinmauerwerk). Beliebtes architektonisches Stilmittel in der Renaissance, im Manierismus sowie in der Neurenaissance und im Historismus.

Schieber, die: hier Schwarzmarkthändler (auch: Schleichhandel oder österr. mitunter noch Agiotage), illegaler Teil der Schattenwirtschaft.

Stola, die: über einem Kleid oder Ähnlichem getragenes, breites, schalartiges Gebilde, das um Schultern und Arme gelegt wird, zum Beispiel aus Pelz (Nerzstola).

Synkope, die: in der Musik rhythmische Verschiebung durch Bindung eines unbetonten Wertes an den folgenden betonten; in der Sprachwissenschaft Ausfall eines unbetonten Vokals zwischen zwei Konsonanten im Wortinnern; in der Verslehre Ausfall einer Senkung im Vers.

Zöglinge, die: Plural von *Zögling*: Schüler einer Kunst, allg. Jugendlicher in der Erziehung oder Ausbildung, unter allgemeiner Betreuung und Vormundschaft stehender junger Mensch.

zum Sehen geboren, zum Schauen bestellt: Zitat aus „Goethes Faust. Der Tragödie zweiter Teil", 1832. 5. Akt, Tiefe Nacht, Lynkeus der Türmer singend.

Quellen:

Meyers Großes Konversations-Lexikon. Ein Nachschlagewerk des allgemeinen Wissens, 6. Aufl. (1902–1908/1920).

https://www.duden.de

https://de.wikipedia.org/wiki/Wikipedia:Hauptseite

https://bibeltext.com

https://www.baunetzwissen.de/glossar

Editorische Nachbemerkung

Die Texte dieses Bandes erschienen teilweise bereits in Anthologien und Literaturzeitschriften und wurden vom Autor für die vorliegende Ausgabe vollständig durchgesehen und überarbeitet. Erstabdruck:

Der Freund. Eine Beherbergung, in: *Konzepte. Literatur zur Zeit, Nr. 23/2003.*

Modellbahn, in: do!pen *Literaturzeitschrift, Nr. 14/2006* und in: *Die Stadt am Rosenstock. Winterwork 2012.*

Die Fabriken (*MDR Literaturpreis 2004)*, in: T*riangel*, April 2005, und in: Hametner, Michael (Hrsg.): *Gestern Morgen, heute Nacht und andere Erzählungen*, Leipzig: Faber und Faber, 2005.

Bor oder die Elfte Stadt wurde vom Autor am 7. Juli 2007 gelesen zum 50jährigen Jubiläum des Hansaviertels in der *Akademie der Künste* im Rahmen der Ausstellung *die stadt von morgen – Beiträge zu einer Archäologie des Hansaviertels.*

Aufräumen, in: *Macondo*, 2004.

Das Inventar unter dem Titel *Der Maler*, in: *Wenn die Biken brennen. Phantastische Geschichten aus Schleswig-Holstein.* Verlag 71, 2009.

Die Letzte Stadt, in: *Hildesheimer Geschichten*, 2015.

Autorenprofil Jonas-Philipp Dallmann